小学館文庫

帝都かんなぎ新婚夫婦

～契約結婚、あやかし憑き～

江本マシメサ

JN054514

小学館

目次《もくじ》

第一章　あやかし憑きの旦那様に嫁入りします！

夕方、人々が灯《あか》りをつける火点《ひとも》し頃――下町を袴姿《はかますがた》で駆ける婦女子、莇原四衣子《あざみばるよいこ》の姿があった。

秋の冷たくなりつつある風を切りながら、目にも留まらぬ速さで走っていく。

「もっちゃん、こっちです！」

『きゅ、きゅううううん！』

彼女はひとりではなく、もっちゃんと呼ぶタヌキを連れていた。もっちゃんは少々どんくさいからか、後れを取っている。

追いかけるのは薄暗闇の中を走る謎の物体。それは人々に悪さをする〝魑魅魍魎《ちみもうりょう》〟であった。

自慢の健脚で追い詰め、特製の護符で仕留める。

ガタガタ震える黒い物体に向かって投げたものの、護符は発動されずひらひらと地面へ落ちる。

不思議に思って松明《たいまつ》に灯《つ》りを点けて確認してみると、それは仔《こ》ウサギだった。

「あー、間違えました！」

魑魅魍魎だと確信して追いかけていたのだが、ただの野良ウサギだったわけである。

最近、下町には飼育されていたウサギが捨てられるようになっているのだ。というのもウサギの飼育が流行《はや》ったことから、国が毎月一圓《えん》の税金を納付するように命じたからである。

ちなみに無届けで飼うと二圓の過怠金を払わないといけない。

そんな決まりができたために、ウサギの飼育を放棄する人々が増えたのだ。

ただそれも、彼女にとってはありがたい。野生の個体とは違い、飼育されてむくむく太ったウサギは、貴重な食料であったのだ。

「でも、この子はまだ小さいから、見逃さなきゃ」

道を譲ると、仔ウサギは全力疾走で駆けていく。

「大きくなったら会いましょう！」

おいしく食べてあげるから。そんな思いで、仔ウサギを見送った。

大きく手を振る四衣子のもとに、ようやくタヌキが追いつく。

「もっちゃん遅いです!」

『きゅううん』

もっちゃんと呼ばれたタヌキは、申し訳なさそうな声で鳴く。

「さっきの子、ウサギでした」

『きゅうん……』

「依頼にあった、魑魅魍魎だと思っていたのですが」

彼女は残念そうに暗闇をじっと見つめる。

四衣子は猫のような大きな瞳に、小さな鼻、ふっくらとした唇に、なめらかで透明感のある肌、すっきりとした顎を持つ美しい容貌の娘だ。

黒橡《くろつるばみ》色の髪は癖毛なのか波打っていた。

十八歳のうら若き女性である彼女がなぜ、こんな遅い時間に出歩いているのかというと、人々に悪さをする魑魅魍魎を退治するためである。

四衣子の実家は神社で、宮司の娘なのだ。

日々、神社には魑魅魍魎の被害を受けた人々がやってきて、相談を持ちかけるのである。ただ、依頼はあれども神社が置かれるのは下町。その周辺に住む人々から高価な報酬などもたらされるわけがなかった。

野菜や魚などの食べ物を持ってくるのはまだいい。ひびが入った土鍋やらくがきのような絵画など、家にあった不必要な品を報酬として差しだす猛者《もさ》もいた。

だが、人のよい四衣子の父親は、断らずにすべて受け入れてしまうのである。

そもそも毎日神社を参拝し、賽銭《さいせん》を奉納するような熱心な者もいなければ、大きな収入となる札《ふだ》を買う余裕のある者もいない。

結果、四衣子の実家は毎日食べる物にも困るくらい貧乏なのだった。

さらに萠原家は祖父母と両親、それから七人姉妹が生活している。

姉妹のうち上のふたりは結婚しており、夫は婿入りし、神主を務めている。姉夫婦にはそれぞれ三人ずつ子どもがいて、ひとつ屋根の下に十九人が暮らす大家族なのだ。

言わずもがな、生活は困窮に困窮を極めている。

そんな萠原家が提唱するのは、〝働かざる者食うべからず〟という言葉。

日夜、しっかり労働に打ち込まなければ、食事にもありつけない。

神社の仕事は毎日取り合いで、四衣子は妹達や幼い甥姪《おいめい》に仕事を譲ってしまうのだ。

その結果、夜に魑魅魍魎の退治を頑張るしかないわけである。

ただ、運よく依頼をこなせたとしても、お腹いっぱい食べられるわけではない。白米が食卓に並ぶ日などほぼなく、麦飯で作った粥《かゆ》がほとんどだった。それに薄く切った漬物と具が見当たらない味噌汁《みそしる》が添えられるばかり。

育ち盛りの四衣子はそれでは足りず、仕事がない昼間などは式神のもっちゃんと共に魚を釣りに行ったり、木の実を拾って食べたり、となんとかして腹を満たす日々であった。

ここ最近、四衣子は魑魅魍魎を仕留めていない。三日間ほど麦粥すら、口にできないでいたのだ。木の実を食べて飢えをしのぐのも限界だった。

ただの湯に等しい麦粥ですら、何日も口にしていないと恋しく思うものである。

四衣子は神社の裏手にある山に、小動物を捕獲するための罠《わな》を仕掛けている。獲物がかかるのは一週間に一度あるかないか。

貴重な栄養源だったのだが、その野生動物の肉ですら、十日は口にしていない。

その辺で拾い集めた木の実だけでは、力も湧いてこないのだ。

「うう……四衣子はとってもとってもお腹が空《す》きました！」

『きゅううん！』

心配そうな声でもっちゃんが鳴くが、空腹の四衣子の瞳には、むくむく太ったタヌキがどうしようもなくおいしそうに見えた。

もっちゃんの体を持ち上げ、もふもふの毛皮に包まれた体を高い高いをするように上下に動かし、ずっしりと重たい体重を確認する。

その体はしっかりと肉付きがよかった。普段、四衣子と一緒に木の実や魚を食べているからだろう。

見れば見るほど、おいしそうなタヌキである。

『きゅううう！』

もっちゃんは何かを察したのか、焦ったような鳴き声をあげる。ハッと我に返った四衣子は、もっちゃんをそっと下ろした。

「やっぱり、さっきのウサギを捕まえて食べたらよかったです」

ポツリとひとりごつ。

大きくなってからいただこうと判断した自らを、四衣子は今になって責める。

ぐー、と腹の虫が切なげに音を鳴らした。

「帝都で噂になっている、〝九尾狐《きゅうびこ》〟でも捕まえたら、白米とか食べられるでしょうか？」

『きゅうん』

帝都に住む人々の血肉を好み、襲ってくるという九尾狐。

千年も昔から人が多く集まる場に姿を現し、脅威となっていた。

高名な陰陽師《おんみょうじ》でさえも九尾狐を倒せず、最強と名高い大神官でも祓《はら》うことができないと噂されていた。

そんな九尾狐が、都合よく四衣子の前なんかに現れるわけがない。

普段、前向きな四衣子であったが、空腹なあまり後ろ向きになっていた。

「もっちゃん、四衣子はお腹と背中がくっついてしまいそうです」

四衣子は切ない想《おも》いで、空を見上げる。

星ひとつ見当たらない真っ暗な空に、まんまるの月だけが輝いていた。

美しいのに、なんだか不気味だと四衣子は思ってしまう。

「今日は帰りましょう」

視界の端にまるまると太った鼠《ねずみ》が映った。さすがに、鼠肉は食べられないだろう。

四衣子は強く強く自分に言い聞かせる。

空腹でいると、この世に存在するありとあらゆる物がおいしそうに思える。

水仙の葉はニラに見えるし、福寿草の葉はヨモギに似ている。しきみの木の下に生《な》る実は八角そっくりだった。

ただ、すべて毒性がある植物だ。おいしそうだからといって、絶対に口にしてはいけない。

月を改めて見上げると、十六夜《いざよい》に食べる稗団子《ひえだんご》のように思えるので不思議だった。

「ん？」

月が欠けているように思えて、目をごしごし擦る。すると、再度ぐーっとお腹が鳴った。お腹が空きすぎて、幻でも見てしまったのか。早く何か食べなければならないのだろう。

ただ、このまま帰っても、何も口にすることはできない。

莇原家の家訓は、〝働かざる者食うべからず〟だからだ。

「もっちゃん、やっぱりもう少しだけ頑張りましょう。四衣子は麦粥が食べたいです」

『きゅうん！』

もっちゃんも四衣子の意見に同意を示す。

家路に就こうとしていた四衣子ともっちゃんは回れ右をし、魑魅魍魎の姿を求めて闇の中を突き進んだ。

下町では夕食が終わると早々に灯りが消される。

けれども唯一、煌々《こうこう》と灯籠《とうろう》が灯《とも》される区域があった。

それは芸者《げいこ》を抱える置屋、宴会の場となる料亭、食事を楽しむ割烹《かっぽう》から構成された、花街《はなまち》と呼ばれる場所だ。

この辺りは成り上がり者が経営する、比較的新しく建てられた店ばかりであった。

魑魅魍魎は怒りや悲しみ、不安や孤独、心配や焦りなど、人々の負の感情を好む。

そのため、人が集まる場所の暗闇に、魑魅魍魎はこっそり潜んでいることが多い。

だが、四衣子は普段、あまり近付かないよう心がけている。なぜならば――。

「おお、姉ちゃん、いいところにいたな。あっちの店で酌でもしてくれ」

このように、酔っ払いに絡まれるからである。

四衣子は肩に伸ばされた手をひらりと回避し、全力疾走する。

酔っ払いを相手にすると厄介事に巻き込まれやすいので、逃げるしかないのだ。

たまに追いかけてくる酔っ払いもいるが、足元がおぼつかない状態なので、途中で転んで諦めてくれる。

花街ではすでに酔っ払いが道ばたに寝転がり、ガーガーといびきを立てていた。こういう人が、魑魅魍魎の餌食《えじき》になるのだ。

路地や建物の陰などに魑魅魍魎が潜んでいないか、四衣子は鋭い目で確認していく。花街に来ればたいてい、魑魅魍魎を発見できる。けれども今日はあちこち見回っても、どこにも見当たらない。

おかしい、と首を傾《かし》げる四衣子は、ひとりの男性とすれ違う。

何か捜しているのか、歩きながら辺りをキョロキョロと見回していた。

上背がある、着流し姿の男性であった。それだけならばなんとも思わないのだが、行き違った瞬間に、ゾッと鳥肌が立つ。

それ以外にも、引っかかる点があった。

男性は腰まで伸ばされた銀色の長髪を結わずに流し、この世の存在《もの》とは思えない美貌を持っていた。

磁器のように白い肌は、今にも透けそうなくらいである。

真っ赤な瞳が印象的で、目にした瞬間、肌がぞくりと粟立《あわだ》つ。

すぐに振り返るが、男性の姿はなかった。瞬時に、彼が魑魅魍魎であると四衣子は気付く。

そして花街の光景は、いつの間にかガラリと変わっていた。

空は赤黒く染まり、満月だった月は三日月に欠けている。

人の姿はこつ然となくなっていた。置屋や料亭、割烹の灯りは紫色に光り、妖《あや》しい雰囲気を醸しだしている。

店内からは、『ギャハハハハ!』という人のものとは思えない甲高い笑い声が響き渡った。背筋がぞっと粟立つような、不快な声色である。

普通ではない状況に、四衣子は常世《とこよ》——魑魅魍魎達が住まう場所に足を踏み入れてしまったのではないか、と思ってしまう。

恐怖に支配され、その場から動けなくなった。

『きゅううううん!』

もっちゃんの鳴き声で、四衣子はハッと我に返る。もっちゃんのおかげで、即座にこのままではいけない、と気付くことができた。

懐から邪祓いの護符を取りだし、空に向かって投げつける。すると、硝子《がらす》がぱりん、と割れるように、周囲の景色が崩れていった。

あっという間に、もとの花街の光景に戻る。

先ほど見失ったと思っていた男性は、余裕たっぷりな様子で歩いていた。

それだけではない。

彼は銀色の耳と、九本の尻尾を生やしていたのだ。

あれは――九尾狐!? と、四衣子は心の中で叫ぶ。

四衣子ともっちゃんを妙な空間に閉じ込めたのも、九尾狐の仕業だったのだろう。

九尾狐の姿は霧がかかったように不確かなものになり、目を擦ってもはっきり見えない。

すぐに追いかけて捕獲しないと、どこかに消えてしまうだろう。

四衣子はもっちゃんを見る。すると、もっちゃんはこくりと頷《うなず》いた。

ひとりと一匹の想いはひとつだった。

九尾狐は人々を害する脅威に違いない。

そんな九尾狐を捕らえたら、きっと国の偉い人から報酬が貰《もら》えるだろう。お金さえあれば、毎日お腹いっぱい白米が食べられる。

そんな希望を抱き、四衣子は九尾狐のあとを追った。

もちろん、そのまま背後から捕まえるという方法は採らない。

相手は千年もの間、誰にも倒されずにいた九尾狐だ。相当強い魑魅魍魎に違いない。

四衣子は置屋の窓枠に足をかけ、屋根の上までよじ登り、九尾狐の様子を監視する。

不思議なことに、周囲にいる人々の目には、九尾狐は見えていないようだった。

九尾狐は立ち止まり、懐から煙管《きせる》と喫煙具が入った容器を手に取った。

「は、はあ、ご丁寧に、どうも……」

四衣子は状況把握に努める。体はどこも痛くなく、具合も悪くない。もっちゃんにもけがは見当たらず、ぐっすり眠っていた。

お腹の空き具合から、捕まってからさほど時間は経《た》っていないことがわかる。そこから推測するに、現在は夜が深まっているような時間帯だろう。

続いて先ほどの出来事を思い出す。

花街で九尾狐を捕まえたあと、大勢の人々に囲まれ、捕らわれてしまったのだ。九尾狐を捕らえたあと注意喚起を促した声は、目の前にいる左沢のものだったのだろう。

ここで四衣子はハッとなる。今、ここにいるということは、誘拐されたのだ。すぐさまもっちゃんを抱き寄せ、左沢から距離を取る。部屋の端まで移動し、警戒の眼差《まなざ》しで左沢を見ながら問いかける。

「ゆ、誘拐犯ですか!?」

「いえいえ、そのつもりはまったくありませんでした。その、別の場所でお話を伺うつもりだったのですが、ぐっすりお眠りになっていたようですので、ここへお連れしました」

どれだけゆすっても、声をかけても、四衣子ともっちゃんは熟睡したまま、目を覚まさなかったらしい。

無理矢理にでも起こせたはずだし、その場に放置することだってできた。

けれども彼らはそれをせず、四衣子ともっちゃんを丁重に扱ってくれたようだ。

ならば、こちら側もそれ相応の態度で応じないといけないだろう。そう気付いた四衣子はもっちゃんを胸に抱いたまま、その場に腰を下ろす。

「あなた様のお名前をお聞かせいただいてもよろしいでしょうか？」

「葝原四衣子、です」

「ああ！　葝原家と言えば、下町にある神社を守る、神職の一族ですね？」

「ええ、まあ、そうです」

どうやら葝原家について知っているらしい。

「天満月家については、ご存じですか？」

「ほんの少しだけ、覚えは、あります」

天満月家の使いの者達が家にやってきて、四衣子の父親と何か話していたという記憶が甦《よみがえ》る。

身なりがよく、いかにも育ちがいい者達が訪れるのだ。

絶対に仲良くなれそうにない、と四衣子は彼らの様子を盗み見ていた。

天満月家の者達がやってきた日は、温和な父親が決まって機嫌を悪くするのだ。

理由を聞いても答えてくれないので、四衣子は気にしないよう心がけていた。

「斎服をお召しになっていたので、同じ神職の一族、でしょうか？」

「ええ。神職に変わりはないのですが、少々立場が異なります」

天満月家の当主は、政府中枢機関のひとつで祭祀《さいし》を司《つかさど》る〝神祇院《じんぎいん》〟の長《おさ》たる大神官の位を任された者である。また御上《おかみ》の藩屏《はんぺい》として、義務と特権を与えられた華族の中の五爵のひとつ、公爵を名乗ることを許された名家だ、と左沢が語る。

「大神官に公爵……とてつもなく偉い御方、というわけですか？」

「そうですね」

なぜ、そのような名家の者達が下町の神社を訪れていたのか。

四衣子には疑問でしかなかったので、そのまま問いかける。

「どうして天満月家の人達は、葑原家を訪問していたのですか？」

「えー、詳しく申しますと、天満月家と葑原家は敵対関係と申しますか、犬猿の仲と申しますか、とにかく、互いに異なる考えをぶつけ合っている状況が長年続いていたようです」

これまで反発し合っていた理由は、両家が掲げる徳目の違いにあったらしい。

「天満月家は〝知恵〟と〝清浄〟を信条とし、葈原家は〝勇気〟と〝正義〟を信条としてまいりました」

それは魑魅魍魎に対する扱いの違いに表れている。

「天満月家は魑魅魍魎を客人《まろうど》と捉え、間違ってやってきた者達は常世に導くようにしておりました。その一方、葈原家は魑魅魍魎を退治していたようで……」

天満月家では魑魅魍魎を悪とせず、常世から訪れた現世に幸運をもたらす存在であると認識していた。そのため、魑魅魍魎に対して害をなすことはない。

しかし葈原家では魑魅魍魎に対し悪事を働く不届き者と決めつけ、祓ってしまう。

真逆の対応をする天満月家と葈原家の対立は長年続いていたようだ。

「なるほど。葈原家が魑魅魍魎を問答無用で退治するので、天満月家の人達は怒っているのですね」

「ええ、まあ、そういうことになります」

四衣子はある可能性に気付き、もっちゃんを抱きしめる腕に力を込める。

もうこれ以上後ずされないが、いつでも逃げ出せるよう、立ち上がった。

小首を傾げる左沢に、四衣子は問いかける。

「もしや、四衣子を誘拐して、身代金を要求するつもりですか？　残念ながら莇原家は食べる物にも困っている貧乏一家で、お金なんてこれっぽっちもありません!!」

「いえいえ、違いますよ。こうしてお話しさせていただいているのには、れっきとした〝理由〟があるんです！」

「な、何ですか!?」

これまでにこやかに話していた左沢だったが、眉尻を下げ、困惑の表情を浮かべる。

「その、見ましたよね？」

何か目にした覚えはあったものの、四衣子は首を横に振りながら答えた。

「四衣子は何も見ておりません。だから、今すぐお家に帰してください」

「いいえ、あなた様をご実家にお帰しするわけにはいかないのです」

「そ、そんな――――!!」

実家にはまだ、こっそり物置小屋の裏に干しているしいたけがあったし、煎《い》った木の実だって隠し持っていた。それらを食べられないなんて……と四衣子は絶望する。

「四衣子を捕らえて、一生こき使うのですか？」

「いやいや、そのような愚行は働きません」

左沢が居住まいを正すので、自然と四衣子の背筋もピンと伸びる。

改まっていったい何を言おうというのか。四衣子にはぜんぜん想像できない。

身構える四衣子に、彼はとんでもないことを口にしたのだった。

「あなた様には、天満月家の当主である、鳥海《とのみ》様と結婚していただきます」

「え――――!?」

この世の深淵《しんえん》にも届きそうなくらいの、驚きの声をあげてしまう。

四衣子の叫びを聞き、これまで眠っていたもっちゃんも目覚めたようだ。

びくりと体を震わせ、何事かと周囲をキョロキョロ見回していた。

四衣子が「結婚!?」と聞き返すと、左沢は微笑《ほほえ》みを浮かべたまま頷く。

「な、なんで、どうして、結婚!?」

びっくりするあまり、言葉遣いが片言になってしまう。そんな四衣子に左沢は優しい声で説明した。

「あなた様は鳥海様が九尾狐に変化《へんげ》した姿を、見てしまいましたよね?」

「見てない！　四衣子は何も見ていません！」

そういうことにしといて欲しい。四衣子は願ったものの、左沢は許してはくれない。

「では、改めまして説明いたしますと」

「あ――――!!」

耳を塞いで声をあげるも、それ以上の声量で左沢は説明をし始めた。

「先ほど、あなた様が捕獲しようとしたのは、我らが天満月家の当主である、鳥海様なのです!!」

しばらく声をあげていたものの、息が続かなくなってしまう。

左沢は諦める気はないらしく、何度も繰り返し説明していた。

もう勝てないと諦めた四衣子は、左沢に質問する。

「ど、どうして大神官たる天満月家のご当主様の正体が、九尾狐なのですか?」

「正体が九尾狐というわけではありません」

「でも、四衣子は見たんです。ご当主様にキツネの耳と、九本の尻尾が生えている様子を」

「あれは、鳥海様ご自身ではなく、九尾狐に取り憑《つ》かれた姿なのです!」

「な、なんですと――!?」

衝撃の秘密を知ってしまった。四衣子は言葉を失い、視線を宙に漂わせる。

おそらく絶対に聞かれてはいけない秘密なのだろう。大神官で公爵でもあるご当主様が九尾狐に取り憑かれているなんて。

四衣子は余計に、実家に帰れなくなったと察してしまう。

半ば自棄《やけ》になった気分で、わからないことについて左沢に説明を求めた。

「なぜ、ご当主様は九尾狐をその身に宿しているのですか？」

「それを説明するには、天満月家の歴史について語らなければなりません」

左沢は目を伏せながら、話し始める。

遡《さかのぼ》ること千年も昔、都がまだ西のほうにあった時代、天満月家は今と変わらず、大神官として在った。

平和な治世が続いていたものの、ある日、都で不可解な出来事が続けざまに起こる。

高い地位を持つ者達が謎の奇病を患《わずら》い、次々と倒れていったのだ。

長らく原因不明とされていたが、人々の間で九尾狐が目撃されるようになる。

しだいに騒動の原因は九尾狐ではないのか、と囁《ささや》かれるようになった。

陰陽師ですらもお手上げ状態の中、大神官である天満月家の当主に、事態の収拾にあたるよう白羽の矢が立てられた。

「当時のご当主様は九尾狐の居所を見つけ、常世に帰そうとなさいました。しかしながら――」

運悪く、九尾狐に取り憑かれてしまった。

以降、九尾狐は代々の当主に乗り移り、夜な夜な体を乗っ取っては悪事を働いているというわけだ。

「夜間、見張りを付け、九尾狐と化した鳥海様を止めようとするのですが……」

九尾狐は、取り憑いた当主に備わる高い霊力を利用し、周囲の者達を幻術に捉えてしまうようだ。

「幻術って、妙な空間のことですか？」

「ええ。ご存じなんですね」

「はい。なんだか気持ち悪かったので、かち割りましたが」

「か、かち割り？」

「手作りの護符で、壊したんです」

左沢は目を見開き、信じがたいという視線を向けてきた。

「やはり、鳥海様の花嫁は、あなた様しかおりません！」

「どうしてそうなるのですか!?」

「幻術はわたくし共ではどうにもならず、自力で解くこともできないのです」

「いいえ、とっても簡単でした！　コツをわかっていないだけだと思います！」

「いいえいいえ、そんなわけありません！」

「いやいやいや、四衣子は華族の娘ではありませんし、礼儀も何も知らない不届き者なんです！」

四衣子は結婚だけでも回避しようと、必死になって訴える。

けれども対する左沢も負けていなかった。

左沢は少々血走った目で、四衣子を説き伏せるように言った。

「きっと、鳥海様もあなた様をお気に召すと思うんです!!　絶対に、絶対に!!」

四衣子は当主である鳥海の姿を思い出す。

九尾狐に取り憑かれた状態でも、とてつもなく美しく、品のある男性だった。四衣子とは育った環境が天と地ほども異なることは聞かずともわかる。

銀色の髪を靡《なび》かせて歩く様子は、この世の者とはとても思えなくて――そんな彼と夫婦になるなんて想像すらできない。

「そういえば、ご当主様はどうして、銀色の髪に赤い瞳を持っているのですか？」

「赤い瞳は九尾狐に取り憑かれたときのみですよ。普段は優しい青の瞳です」

瞳が赤にしても、青にしても、帝都では見かけない容貌である。

「それは、九尾狐の力でそのような外見をなさっているのですか？」

「いいえ、髪色や瞳は鳥海様が持って生まれたものです。天満月家では九尾狐の力を弱めるために、歴代のご当主様はそれぞれ、多種多様な者達と婚姻をしておりまして……」

神官の娘や宮司の娘、陰陽師の娘など、ありとあらゆる身分の女性を娶《めと》っていたらしい。

先代当主は異国の地で聖女と呼ばれていた貴族女性を妻として迎えた。そのため、鳥海は銀色の髪に青い瞳を持って生まれたのだと言う。

「残念ながら、どの婚姻も、九尾狐の力を抑える効果はありませんでした」

四衣子はこれまでの娘とは違う。幻術を解くほど強い力を秘めている花嫁は、これまでいなかった、と左沢は熱く訴えていた。

「天満月家の鳥海様の妻ともなれば、絶対に苦労はさせません！　贅沢三昧《ぜいたくざんまい》な暮らしも保証します！」

「贅沢三昧？」

「ええ！　金細工や銀細工、宝石や珊瑚《さんご》があしらわれた簪《かんざし》に時計、絹の着物でも、帯でも、なんでもお求めください！」

しかしそれらの品は、四衣子の胸にまったく響かない。

これらに心が揺れ動かない者を初めて目にしたのだろう。左沢は驚愕《きょうがく》の表情を浮かべていた。

「あなた様は毎日楽をして暮らしたい、と思わないのですか？」

「そういう生活は想像できませんし、きっと体を動かさないと、ごはんもおいしくないので」

「た、たしかに！」

ここで左沢は何か思いついたのか、ハッとなる。

「ああ、そうです！　この家に嫁いだら、卵や肉も食べ放題なんですよ！」

「食べ放題!?」

「ええ!!」

初めて四衣子が食いついたので、左沢は追い打ちをかける。

「珍しい果物や、野菜、異国の菓子など、手に入らない食料はございません」

「もしかして、白米も食べられるのですか!?」

「ええ！　ご飯は毎日山盛りでございます！」

その言葉を聞いた四衣子は、これまで考えていた懸念など吹き飛んでしまった。

「あの、この子、タヌキのもっちゃんの分のごはんもありますか？」

「もちろんでございますよ!!」

天満月家の当主と結婚すれば、馬車馬のように朝から晩まで働かなくてもいい。食事の心配なんて必要なくなるし、毎日ふかふかの布団で眠ることができる。

夢のような暮らしを四衣子は提示された。

通常、結婚相手は父親が探してくるものだが、まだ未婚の姉がいる四衣子にいい縁談が舞い込むとはとても思えない。

それにここで結婚を決めてしまえば、妹達が嫁入りできる可能性もぐっと上がる。何もかも都合がいい、またとない良縁だろう。そう思った四衣子は、深く考えもせずに結婚について答えを出してしまった。

「四衣子は天満月家のご当主である鳥海様と結婚します！」

「ありがとうございます！」

すぐに婚姻届が用意され、四衣子は自らの名前を書いていく。

結婚の許可は御上が出してくれるので、両親の許しはいらないらしい。

どうせ、実家は大家族である。四衣子がいなくなった程度では、誰も悲しまないだろう。

そんなことをのんきに考えていた。

「これにて、あなた様は鳥海様の妻となりました」

「はい！」

「このあと、何かお召し上がりになりますか？」

そう聞かれたものの、一気に情報を詰め込まれすぎて胸がいっぱいになっていた。

花街に行ったときは空腹でならなかったのに、不思議なものである。

今は丑三《うしみ》つ時《どき》、体が睡眠を欲しているのだろう。

「ひとまず、眠いです」

「でしたら、こちらの部屋でゆっくり休まれてください」

「はい、ありがとうございます」

四衣子はお言葉に甘え、もっちゃんを胸に抱きながら、ふかふかの布団に身を埋めたのだった。

◇◇◇

翌日——四衣子は優しい女性の声で目を覚ます。

「奥方様、奥方様」

「ううん……」

奥方様と呼びかける声が、四衣子に向けられたものだと気付かず、眠り続ける。

けれども、「もうすぐご朝食の準備が整います」という言葉を耳にした瞬間、ハッと目覚めた。

枕元には見知らぬ女性の姿があり、四衣子は頭上に疑問符を浮かべる。

「ど、どなた？」

「わたくしめは使用人でございます。左沢に命じられ、奥方様のお世話をしにまいりました」

「おくがたさま……奥方様!?」

奥方様、と呼ばれて四衣子は昨晩の出来事を思い出した。

花街で九尾狐を発見し、報酬が貰えるかもしれないという単純な理由で捕まえにいったのだ。その結果、自分自身が天満月家の者達に捕らわれて、当主である鳥海との結婚を迫られた。

半分寝ぼけた状態で話を聞いていた四衣子は、これまでにない良縁だと思い、深く考えもせずに了承してしまった。

よくよく考えたら、天満月家の当主と結婚するなんてとんでもない話である。

四衣子は勢いよく起き上がって、使用人に向かって「あの！」と話しかける。

「いかがなさいましたか？」

「や、やっぱり、昨晩のお話は少し考えさせていただきたいです!!」

良家に嫁ぐような女性は、幼少時からさまざまな教育を叩《たた》き込まれている。自由気ままに育った四衣子に務まるわけがないのだ、と今になって気付いた。

「四衣子には、無理かと」

いまだ夢の中にいるもっちゃんを抱きしめ、必死に懇願する。

「奥方様、戸惑う気持ちはおありかと思いますが、じきに慣れるかと」

この、四衣子がこれまで横たわっていた寝心地のよい布団に眠るのが、当たり前になる日が訪れるなんて想像できなかった。

きっと彼女に言っても取り合ってもらえないのだろう。話をするならば、左沢にしないといけない。

それを察した四衣子はひとまず頷き、この問題については頭の隅に追いやっておく。

四衣子が大人しくなったのを確認した使用人は、これ幸い、とテキパキと動き始めた。

「奥方様、それでは朝の支度を――」

「あ、あの、奥方様でなく、四衣子と呼んでください」

どうしても、奥方様と呼ばれるのだけは受け入れられなかった。

突然の要求に、使用人は戸惑うような表情を見せる。

「どうかお願いします！」

必死さが伝わったのか、使用人はこくりと頷く。

「承知しました、四衣子様」

〝様〟はいらないと思ったものの、相手は譲歩してくれたのだ。四衣子もこれくらいは受け入れる必要があるのだろう。

「他の者にも伝えておきます」

それを聞いてホッとしたのもつかの間のこと。

今になって朝の挨拶をしていなかったことを思い出し、四衣子は「おはようございます」と頭を下げる。すると使用人は気まずげな表情で会釈した。

「あの、もしかして、天満月家では、朝の挨拶はしないしきたりですか？」

「いいえ、そういうわけではなく……わたくし共使用人はこの家の家具のようなものだと思っていただいてかまいません」

家具に挨拶するのはおかしい、というのを暗に伝えているようだ。

華族の礼儀作法は習っていない四衣子であったが、他人の感情を察する能力は人一倍備わっていた。それゆえ、少し話を聞いただけで、天満月家の者と使用人の距離感を理解する。

使用人は四衣子のために顔を洗う湯や、歯を磨く水や歯刷子《はさつし》、歯磨き粉を用意してくれた。

顔を拭く手ぬぐいはとてもやわらかく、水分もよく吸い取る。これと比べたら、普段使っている物は雑巾のようだ、と四衣子は思ってしまった。

続いて、使用人は着物を差しだしてきた。

「四衣子様、お召し物の用意をしました」

ありがとう、という言葉が喉までせり上がっていたものの、瞬時に奥歯を噛《か》みしめる。結果、会釈をするだけに止《とど》めた。

絹仕立ての着物は肌触りがなめらかで、とても着心地がいい。普段着ていた着物はボロの布きれだったのではないか、と比べてしまう。

使用人は四衣子に化粧まで施してくれた。

初めてする化粧に、四衣子はくすぐったく思う。

完成後、鏡を覗き込んだ自分自身の姿があまりにも別人で、驚いてしまった。

髪は頬にかかる髪だけを後頭部でまとめ、ちょうちょ結びにした赤い髪飾りで留めてくれる。

全身を映す姿見で確認すると、華族のお嬢様のような四衣子が映しだされた。

「す、すごい。ありがとうございます」

振り返ってお礼を言うのと同時に、口に手を当てるが、すでに言葉を発したあとだった。

使用人は困ったような表情を浮かべながらも、微笑んでくれる。

その反応を見ながら、四衣子はホッと胸をなで下ろしたのだった。

「お茶の間にご案内いたします」

使用人の言葉に、四衣子は頷く。

朝食の席に左沢はいるだろうか。そこできちんと話をしなければ、と四衣子は思う。

四衣子はもっちゃんを抱き上げると、使用人のあとに続いた。

天満月家は途方もないほどの規模の屋敷だということが、廊下を歩いているだけでわかる。

もしかしたら、葫原家の神社の敷地よりも大きいかもしれない。

そんなふうに考えているうちに、茶の間に行き着いた。

畳が五十枚はありそうなくらいの規模の茶の間を前に、四衣子はただただ圧倒される。神社の中でもっとも大きな本殿よりも広い。

部屋を見渡したものの、左沢の姿はどこにもなかった。

近くにいた使用人に声をかけてみる。

「あの、左沢さんはいますか？」

「のちほどまいるかと。それまで朝食をご堪能ください」

座布団が三枚置かれ、その前に碗《わん》が載った膳《ぜん》が並んでいる。

どこに座ればいいものか迷っていたら、使用人が誘《いざな》ってくれた。

「四衣子様、こちらへどうぞ」

「はい」

指し示されたのは、真ん中に位置する場所だった。その隣は、もっちゃんの座布団らしい。

食事はもっちゃんの分も用意してくれたようだ。

ひとまず、朝食を堪能してほしい、と言われたのでお言葉に甘えることにした。

結婚についても、心の隅に追いやっておく。

四衣子が座ると、別の使用人がやってくる。手にはおひつがあり、蓋《ふた》を開くと白米が見えた。

それを見た四衣子は、胸を高鳴らせる。

飯碗《めしわん》には炊きたてほかほかの白米が盛り付けられた。

米は一粒一粒立っていて、真珠のようにキラキラ輝いている。

うっとり眺めていたら左沢がやってきた。

ここで、夢心地な四衣子は現実に引き戻される。

「あ、あの、左沢さん、お話ししたいことがあります!」

「はいはい、料理が冷めてしまいますので、朝食のあとにお聞きしますね」

鳥海と会う前に話をしたいと訴えようとしたが、それより先に左沢がこの場にいない当主について説明し始めた。

「四衣子様、鳥海様は起床までにお時間がかかりそうなので、どうぞお先に召し上がっていてください」

どうやら朝食を食べる時間はありそうだ。せっかく用意してもらったので、厚意に甘えようと思った。

部屋の端っこで気配を消していたもっちゃんに、四衣子は話しかける。

「もっちゃんの席は、四衣子の隣ですって」

『きゅうん!』

座布団をぽんぽん叩くと、もっちゃんはお利口な様子で座った。

まずは、もっちゃんに用意された朝食を見てみる。

碗はふたつあって、ひとつは魚の身を解《ほぐ》したもの、もうひとつは蒸《ふ》かした芋だった。どちらも、もっちゃんの大好物である。

「もっちゃん、よかったですねえ。ごちそうですよ」

『きゅん！』

四衣子に用意された食事も、ドキドキしながら確認する。

汁椀にはなめこ汁、平碗には旬の野菜の煮付け、小皿にはたくあんが二切れ、しし唐の辛子和《からしあ》え——と、四衣子にとっては豪勢な食事が並んでいた。

これを食べたらあとに戻れないのでは？　と嫌な予感がしたものの、おいしそうな料理を前に、四衣子は抗えなかった。

料理を無駄にしてはいけないので、ありがたくいただくことにした。

手と手を合わせ、いただきます、と四衣子が口にすると、もっちゃんも待っていましたとばかりにはぐはぐと食べ始める。

まずはご飯から食べよう。ふっくら炊かれた白米は、見ているだけでも幸せな気持ちになれる。これから毎日食べられるのだ。幸せとしか言いようがない。

これ以上眺めていたら、左沢がおかしく思うだろう。

四衣子は待望の白米を頬張る。

噛むとほんのり甘みを感じ、しっかり歯ごたえがあるご飯は、とてつもなくおいしかった。

けれども同時に、涙がこみ上げてくる。四衣子が突然泣き始めたので、左沢はギョッとした。

「四衣子様、料理がお口に合わなかったでしょうか？」

「ち、違います。姉の結婚式以来の白米だったので、あまりのおいしさに涙が零《こぼ》れてしまっただけです」

「さ、さようでございましたか」

もちろん、涙が溢《あふ》れてしまった理由はそれだけではなかった。

「い、妹達や甥姪にも、食べさせたかったたって思ったら、なんだか泣けてきて……。藺原家では薄いお湯みたいな麦粥だけの毎日なんです」

「おやおや……」

幼少期はそこまで貧乏ではなかった。昔は週に二、三回は白米が食卓に上がる日があったのだ。四衣子は四番目の子どもだったのだが、五人目、六人目と姉妹が増えていくにつれ、食卓が寂しくなっていったのである。

四衣子の妹達や甥姪は、育ち盛りだというのに、麦粥ばかり食べさせられている。

実家にいたころは、四衣子の食べ物ばかり狙う小憎らしい存在でしかなかったが、いざ離れてみると、かわいい子ども達の顔ばかり浮かんでくるのだ。

「四衣子様、ご実家には、白米や野菜、肉などをたっぷり届けますので」

「い、いいのですか？」

通常であれば、嫁入りするさいには、花嫁道具と共に嫁がなければならない。けれども、天満月家に持っていけるような品を、四衣子の実家が用意できるわけがない。

「あの、うちは貧乏でして、花嫁道具を揃《そろ》えられないかもしれません」

「その辺に関してもご心配なく。四衣子様の存在が、宝物のようなものですので」

このような都合のよい結婚などありえるのだろうか。四衣子の中にある警鐘がカンカンと音を鳴らしているような気がしてならない。

左沢はぽん！　と手を叩き「ああ、わたくしめがいたら、ゆっくり食事できませんね」と言って退室していった。

『きゅうん？』

もっちゃんが、食べないの？　と聞くように小首を傾げた。

「いただきます」

料理を残すなんてありえない。

不安な気持ちはあったものの、かといって食欲が失《う》せるほど繊細《せんさい》な神経の持ち主ではなかった。

現金なものだと思いながら、四衣子は朝食をすべて平らげたのだった。

使用人がやってきて、食器が載った膳が片付けられる。

鳥海はいまだ現れない。

いなくなった左沢を捜していたら、茶の間に戻ってきた。

「鳥海様はもうじきお越しになると思われます。それで、先ほどのお話をお聞きしたいと思うのですが」

四衣子は前のめりで、左沢へと訴える。

「あの、やっぱり、結婚について、一度家に帰ってから考えたいです！」

「それはなりません！」

これまで穏やかな物言いだった左沢が、四衣子の訴えを制すようにぴしゃりと言った。四衣子はすぐさま察する。これは彼に何を言ってもひっくり返るようなものではない、と。

「でも、四衣子は天満月家のご当主様にふさわしい者ではないのです」

「四衣子様、大丈夫ですよ。何も心配はございません。ただただ、天満月家に身を委ねるだけで結構ですので」

左沢は「他に何かございますか？」と聞いてくる。

これ以上、ふざけた物言いなど許さない、と言わんばかりの圧を四衣子は感じた。

どくん、どくんと胸が嫌な感じに鼓動する。

彼は有無を言わせずに四衣子と鳥海を結婚させようとした人物である。そんな相手に、正論を訴えても聞き入れてもらえないのだろう。

こうなったら、左沢ではなく、当主である鳥海に訴えるべきなのか。

今は大人しくしておこう、と四衣子は思った。

「何もないようでしたら、先にこの屋敷について説明しておきますね」

天満月家の屋敷は少し風変わりなようで、使用人は朝と夜しかいないらしい。

掃除や庭の手入れなどは深夜に行っているようだ。

それらの理由も九尾狐となった鳥海が夜中に屋敷から抜けだしたさい、ひとりでも多くの使用人を置いていたほうが早期発見に繋《つな》がるからだと言う。

「ご希望がありましたら、四衣子様の昼食を作るための使用人を遣わせますが、いかがなさいますか？」

これ以上、彼らに恩を与えられたら、とんでもない返済を要求されそうだ。

そう思った四衣子は丁重にお断りする。

「大丈夫です。自分でなんとかします」

「さようでございますか」

話は以上だと言われ、四衣子はひとまずホッとしたものの、それもつかの間だった。

何やら怒鳴るような声と、ドタドタと床を踏む音が鳴り響く。

それはどんどん近付き、出入り口にいた使用人が襖《ふすま》を開く。

現れたのは銀色の髪に青い瞳を持つ、二十歳前後の美丈夫であった。

昨晩の緩い着流し姿とは異なり、今日は白袴に白紋が施された斎服をまとっていた。

その恰好《かっこう》は特別な神官にのみ着用が許された白装束である。一見、全身が白に見えるが、身じろぐと銀糸で縫った白紋がキラキラ光るのだ。

そんな彼は、背後に神官を何人も引き連れていた。

「左沢!!　どこにいる!?」

「はい、こちらに」

昨晩見かけた九尾狐だった彼は、この世の存在《もの》とは思えない、圧倒的な美貌と色気、それから儚《はかな》げな雰囲気があった。

けれども茶の間へ怒鳴り込みにきたように見える鳥海は、顔を真っ赤にし、キリリと目をつり上がらせ、はっきり憤《いきどお》っているとわかる表情だ。

血の通った同じ人間だと、四衣子は認識できた。

「突然結婚だなんて、どういうつもりだ!?」

「どうもこうも、鳥海様に相応《ふさわ》しい女性を奇跡的に発見しましたので、そのままお連れしたまでです」

左沢は柔和な微笑みを浮かべながら、四衣子のほうを手で示す。

鳥海はじろりと四衣子を睨んだあと、盛大なため息を吐《つ》く。

「この娘は莇原家の者だというではないか！」

「ええ、ええ、そうなんです」

「莇原家は〝客人〟を退治する、野蛮な一族である事実は左沢も知っていただろうが！」

「もちろんでございます」

鳥海がこうして怒るのは珍しくないのか、左沢は微笑みを絶やすことなく、やわらかい口調で言葉を返している。

「莇原家の娘と結婚するなど、絶対に許されない」

「しかしながら、御上の許可はいただいております」

それを聞いて四衣子はハッとなる。すでに御上は鳥海と四衣子の結婚を認めたようだ。もう、何を訴えてもこの結婚を覆すことなんてできない。

すでに後の祭りだったようだ。

鳥海は血相を変え、左沢が掲げる結婚許可証を奪い取ると、穴が開きそうなくらい凝視していた。

「なぜ、お前と御上はこのように仕事が早い!?」

「御上は鳥海様の幸せなご結婚をお望みでしたから」

「葝原家の娘との結婚のどこに、幸せを見いだす!?」

左沢は四衣子を振り返り、孫を前にした好々爺《こうこうや》のような眼差しを向ける。

「鳥海様、ご覧になってくださいませ。四衣子様は明るく元気で、食欲旺盛、とても愛らしい御方ですよ」

鳥海は頑《かたく》なな様子で、四衣子のほうを見ようともしない。

天満月鳥海という青年は、頑固で怒りっぽい性格だ、と四衣子は思った。

「このような結婚など、認めることはできない。御上のところにいって、離縁を申し立てる」

「鳥海様、それでは、日吉津《ひえづ》侯爵家の芙美江《ふみえ》様と結婚されるおつもりですか？」

その名を聞いた途端、鳥海の顔がわかりやすいくらいに引きつる。

四衣子は思わず、近くにいた使用人に耳打ちして質問する。

「あの、日吉津芙美江さんって、誰なんですか？」

「鳥海様の婚約者候補だった御方です」

「婚約者様、ですか？」

「いえいえ、そうではありません」

正式な婚約者というわけではなく、あくまでも候補のひとりだったらしい。

侯爵の娘であれば、公爵家である鳥海と釣り合いが取れているはずだ。

それなのに、鳥海は彼女と婚約を結ばなかった。それには理由があったようだ。

「日吉津侯爵家は当主の汚職で没落も間近だと囁かれている。そのような家の娘と結婚などできるわけがなかろう」

「罪は本人だけのものですよ。日吉津家が没落したあと、芙美江様を妻に迎えたら、天満月家の当主はなんて寛大なんだ、と好感度がぐっと上がるに違いありません！」

「そうだとしても、彼女と結婚するつもりはない」

鳥海は苦虫を嚙み潰したような表情で言う。おそらく彼女との間に、何かあったに違いない。と、四衣子は他人事《ひとごと》のように会話を聞きながら推測していた。

「鳥海様は毎日のように届く縁談のお話にもお困りだったのでしょう？　四衣子様との婚姻を続けていたら、それらの問題からも解放されるわけです」

左沢は有能な商人のように、四衣子を紹介する。

「四衣子様は愛らしいばかりでなく、昨晩、九尾狐と化した鳥海様の幻術を解き、見事、取り押さえました。すばらしい神通力をお持ちのようです」

「なんだと!?」

鳥海は鋭い視線を四衣子に向ける。

気まずく思った四衣子は、もっちゃんを抱き上げて顔を隠した。

「おい左沢、あの毛むくじゃらはなんだ？」

「四衣子様が飼われているタヌキでございます」

「そんなわけあるか！　よくよく見てみろ！」

左沢はもっちゃんについて気にも留めず、四衣子が飼育しているタヌキだと思っていたらしい。

拘束したさいに何も攻撃してこなかったので、そのように勘違いしたのだろう。

鳥海は四衣子を見ないようにしながら問いかける。

「おい、そこの者。その毛むくじゃらについて説明しろ」

「四衣子の式神です」

鳥海はもっちゃんを式神だと想定していたようで、眉間の皺《しわ》を深めるばかりだった。

「名前はなんという?」

「もっちゃんです」

搗《つ》きたてのお餅みたいにまんまるで、もっちりとしていたので、四衣子がもっちゃんと名付けたのだ。

「なるほど」

鳥海はこくこくと頷いていたものの、何か思い出したのか、表情が硬くなる。

「おい、左沢。この娘が九尾狐の姿をした私を見たのが昨晩、ということは、まさか、着の身着のままここへ連れてきたのか!?」

「はい。四衣子様は天満月家の女主人であっても隠し通さなければならない、九尾狐憑きの秘密を知ってしまいました。無条件にお帰しするわけにはいかないのです」

「ただの人攫《ひとさら》いではないか!」

「もちろん、承知の上です」

幼子を説き伏せるように話していた左沢だったが、急に真剣な表情となり、鳥海に

襖が静かに閉められ、足音が遠ざかっていく。

物音がなくなった途端に、左沢が嬉しそうに駆け寄ってきた。

「四衣子様、さすがです！　鳥海様は毎日朝食をお召し上がりにならないのですが、食べさせることに成功するなんて」

「いつも、残されていたのですか？」

「いいえ、必要ないとおっしゃるので、用意すらしておりませんでした」

今日は四衣子との顔合わせのつもりで、朝食を作っていたらしい。

「明日も、今日みたいに召し上がっていただけたらよいのですが」

「うーん、四衣子やもっちゃんと一緒に食べてくれるでしょうか？　とてつもなく嫌がりそうな気配がするのですが」

「大丈夫です。心配はこれっぽっちもないですよ！」

「そうですか。よかったです」

左沢は揉《も》み手《で》をしつつ、相好をこれでもかと崩す。

「これで天満月家も安泰です!!」

そうだろうか？　と思いつつも、四衣子は左沢の言葉に頷いたのだった。

第二章　鳥海様、愛ではなく、ごはんをください！

その後、使用人は膳を片付けたのちに、帰宅をしたようだ。

左沢も鳥海の側仕《そばづか》えであるため、出勤するらしい。

いなくなる前に、四衣子は左沢に疑問を投げかける。

「あの、この家での禁忌事項と言いますか、したらいけない行為などありますか？」

「実家にお戻りになること以外は、お好きにお過ごしください」

「庭を探検したり、鳥海様の日記を拝見したりしてもいい、ということですか？」

「はい」

日記はだめだろうと思ったが、問題ないらしい。

あまりにも自由が過ぎる。いろいろ行動を制限しなくていいのか、四衣子は逆に心配になってしまった。

今度は左沢のほうが四衣子に問いかける。

「四衣子様、何か必要なお品などはありますでしょうか？」

「あの、実家に連絡をしたいので、便せんや封筒、それから筆をいただきたいです」

「ええ、ええ、それはもちろん。お手紙を書いていただけたら、お届けします」

ただし、手紙の内容は左沢が確認するという。

別に、四衣子やもっちゃんが元気だと伝えたいだけなので、それでもいいか、と思った。

「他に必要なことはございますか？」

「今は何も思いつきません」

「さようでございますか」

突然連れてこられた状態で、何が必要かもわからないような状況である。

ひとまず、もっちゃんがいればいいや、と思う四衣子であった。

「では、必要な品などがございましたら、こちらに書いて空に放ってください」

それは人形《ひとがた》にくり抜かれた奉書紙《ほうしょがみ》であった。

左沢の式神で、空に放つと彼のもとへと飛んでいくらしい。

「緊急事態や、助けが必要なときにもご利用ください」

もうひとつ、鳥の形に切り抜かれた赤い奉書紙が取り出される。

「こちらは鳥海様宛てに飛んでいく式神となっております。用途は、お任せします」

「夕飯のお買い物を頼んだら、買ってきてくださるのですか?」

そんな質問をすると、左沢は愉快だとばかりに笑い始める。

「ええ、ええ。いいと思います。素敵な使い方です」

個人的には恋文を書き綴《つづ》るのもオススメだ、と本気か冗談かわからない言葉を最後に、左沢も去った。

四衣子はひとりぽつねんと残される。

「もっちゃん、大きなお屋敷に、取り残されてしまいましたね」

『きゅうん』

普段の葯原家であれば、洗濯に必死になっているような時間帯である。

四衣子が眠っていた部屋に戻ったところ、布団は畳まれ、着ていた服はなくなっていた。窓を開くと、着物が洗濯された状態で干されている。

朝食を食べている間に、使用人の誰かが洗ってくれたのだろう。

「もっちゃん、至れり尽くせりです!」

『きゅん！』

屋敷内は塵《ちり》ひとつなく、どこもかしこも清潔だ。

使用人達の仕事っぷりは完璧で、四衣子がするような仕事はどこにも見当たらなかった。

「もっちゃん、華族の奥方様って、普段は何をしているのでしょうか？」

『きゅーん？』

もっちゃんにわかるわけもない質問を、暇つぶしにしてしまう始末である。

ひとまず、屋敷内を探検してみることにした。

廊下はどこもかしこもピカピカで、滑って移動できそうなくらいである。四衣子の実家の、ギシギシ音を鳴らすたわんだ床とは大違いであった。

気まぐれに開けた襖は客間であった。

床の間には立派な掛け軸が飾られており、秋らしいススキと竜胆《りんどう》の生け花も置かれていた。

障子を開いた先にあるのは縁側で、曇りひとつない掃き出し窓の先には、美しい庭園が広がっていた。

「もっちゃん、見てください。とても大きなお庭です」

『きゅううん』

それは整然と整えられた森、といった風情である。

軽い気持ちで外にでたら、迷って帰れなくなりそうなほど広大な庭だった。

遠くを眺めると霧がかかっていて、常世へ誘うような不思議な雰囲気が漂っていた。

これ以上見ていたら吸い込まれてしまいそうだ。なんて思った四衣子は踵《きびす》を返し、次なる部屋を探すことにした。

天満月家の屋敷は途方もなく広く、似たような部屋がいくつもあった。ここに住む天満月家の住人だけでなく、使用人のために用意された休憩室のような場所まで見て回る。

最後に四衣子ともっちゃんが行き着いたのは、他とは異なる仕立てのよい襖がある部屋。

「こちらが鳥海様のお部屋でしょうか？」

『きゅう』

引き手に手をかけた瞬間、背後から声がかかる。『そこは鳥海様のお部屋ですわ！あなたみたいな赤の他人が入っていいところではなくってよ！』

「え？」

『きゅうん？』

四衣子ともっちゃんは飛び上がるくらい驚いてしまう。慌てて振り返った先にいたのは、真っ白いウサギであった。

「も、もっちゃん、お喋りするウサギがいる！」

『きゅん！』

『わたくしは単なる喋るウサギではなくってよ！　天満月家の鳥海様にお仕えする十二神使《じゅうにしんし》、兎田《うさいだ》ですわ！』

「ウサ田？」

『ウサ田ではなく、う・さ・い・だ、ですわ!!』

兎田は後ろ肢をダンッ！　と強く踏み鳴らしながら、怒りを露《あらわ》にする。それだけでなく、大人しくしていたもっちゃんを鋭く睨みつけていた。怖かったのか、もっちゃんは四衣子の背後に隠れてしまう。

「十二神使ってことは、あなた以外に十一匹、仲間がいるのですか？」

『数え方は〝匹〟ではなく〝柱〟ですの』

「はあ」

兎田は四衣子に近付き、くんくんと鼻先をひくつかせながら、周囲をぴょんぴょん跳びはねる。

さらに、もっちゃんにも何かを探るような視線を横目で送っている。

『あなたは天満月家で働く、新しい使用人ですの？　こんな時間に屋敷内をふらついて、怪しいとしか思えないのですけれど』

「四衣子は使用人ではなくて、鳥海様の妻です」

『妻ですって!?　あなた、鳥海様の妻とおっしゃったの!?』

「はい、言いました！」

『あの、縁談を百回以上断り続けた鳥海様が、このような天満月家にふさわしくない娘を妻として選ぶなんてありえないですわ！』

兎田の考えはある意味正しい。四衣子を鳥海の妻にと望んだのは、本人ではなく腹心である左沢だったのだから。

「鳥海様の妻となったからには、四衣子は嘘なんか絶対に言いません」

しゃがみこんで兎田と目を合わせながら、正真正銘、鳥海の妻であると伝える。

兎田は目を凝らし、何か見抜こうとしているように見えた。

『たしかに、嘘は言っていないようですが……。思い込みで妻だと主張しているのでなければ、あなたは正《まさ》しく鳥海様の妻なのでしょう』

「信じてくれて、ありがとうございます」

『別に信じたわけではありませんわ。あなたの中にいる、腹の虫に尋ねただけです』

やはり兎田は四衣子の内心を覗き込み、鳥海の妻であることが嘘か真《まこと》か調べたのだ。

『まあ、何はともあれ、鳥海様の部屋へ入ることは許しません！』

「はーい、わかりました」

四衣子があっさり諦めたので、兎田は肩透かしに遭ったような顔で見る。

『あなた、やっぱり何か企《たくら》んでいるのでしょう？』

「何も企んでいません。だめって言われたから、入らないだけで」

『怪しいですわ……』

兎田は疑惑の視線を四衣子にぐさぐさと突き刺してくる。信用はからっきしないようだった。

ひとまず、四衣子は自らを名乗る。

「改めまして、鳥海様の妻である四衣子と申します。この子は式神のもっちゃんです」

兎田は『ふん！』と鼻を鳴らし、ますます気に食わない様子であった。

どうしたら仲良くなれるのか。四衣子は考える。

一日中家にいるのだから、兎田とは打ち解けておいたほうが楽だろう。

すぐにピンと浮かんだので、さっそく提案してみた。

「ウサ田さん、お庭を案内してくれます？」

『兎田《うさいだ》と言ったでしょう！ それにどうしてわたくしが、あなたごときの願いを叶《かな》えなければならないのでしょうか!?』

「もしもお庭で行方不明になって、大捜索の末に発見されたら、ウサ田さんが案内してくれませんでしたって、鳥海様に報告してもいいですか？」

『あ、あなた……生意気な！』

四衣子の不在を自分のせいにされたくない兎田は、しぶしぶといった様子で案内を引き受けてくれた。

四衣子は喜び勇んで、台所に重ねられていた丸ざるを手に戻ってくる。

『そのざるはなんですの？』

「お庭にきのこが生えてそうな木々があったんです。あわよくば、いただこうかと思いまして」

『きのこ程度であれば、台所にもあるでしょうに。なぜ、あえて採ろうとするのですか？』

「そこにきのこがあるからです！」

拳をぎゅっと握り、四衣子は力強く主張する。

兎田は理解できないとばかりに、盛大なため息を吐いた。

その一方で、四衣子の瞳はキラキラと輝いていた。

『案内してあげるから、早くいらっしゃいな』

「はい、よろしくお願いします」

縁側の掃き出し窓を開くと、沓脱《くつぬ》ぎ石の上に草履《ぞうり》が置いてあった。

「これ、四衣子の草履です！　どうしてここにあるのでしょうか？」

使用人はいない。そのため、回り込んで用意できるはずがない。

『おそらく十二神使の誰かが置いたのでしょう』

基本的に、十二神使は天満月家のどこかに存在するらしい。鳥海が呼び出せば、どこでも応じ参上するようだ。

四衣子は、左沢が行動の制限をしなかった理由を察する。四衣子がよからぬ行為を働こうとしたら、十二神使が止めることがわかっていたのだろう。制限が少なすぎるのには理由があったようだ。

四衣子と鳥海の結婚にも、何かあるのではないかと疑ってしまう。九尾狐が取り憑いている以外に、悪いことなどありませんように、と今は願うしかない。

『庭にも何柱かいるはずですが、顔を出すかはわかりませんわ』

兎田のようなかわいい神使が他にも十一柱潜んでいるなんて、四衣子は考えただけでもわくわくしてしまう。

ひとまず四衣子は姿が見えない親切な他の神使に向かって、鳥海の妻になった者だと名乗っておく。

それから続けて「草履、ありがとうございます！」と感謝の気持ちを述べた。

草履を履いて庭に下り立つ。それに兎田も続いた。

背後より不安げな『きゅうん』という鳴き声が聞こえて振り返ると、もっちゃんが縁側から庭を覗き込みソワソワした様子でいた。

兎田は疑惑の視線をもっちゃんに向ける。

『あら、その毛むくじゃら、縁側から庭へ飛び下りるのを恐れているのかしら？』

「もっちゃんには少し高いみたいですね」

四衣子はもっちゃんを抱き上げ、地面に下ろしてあげる。感謝をするように、ふわふわの尻尾を左右に振っていた。

『この高さすら着地ができないなんて……。あまりにもどんくさいですわ！』

『あなたは本当に、風変わりな小娘ですわ』

「なんだか照れます」

『褒めていませんからね!!』

その後も、四衣子は数種類のきのこを採っていく。湿気が多い環境のおかげか、裏庭では種類豊富なきのこが生えていた。

それだけでなく、四衣子ともっちゃんが大好きなしいの実もあった。

「もっちゃん！　しいの実です！」

『きゅうううん！』

毎年、秋のおやつとして重宝していた木の実だった。

『あなた達はどんぐりまで口にしますの？　まるで野山を走り回るイノシシみたいですわ』

「イノシシみたいかどうかはわかりませんが、しいの実は炒《い》るとおいしいんです！」

持ち帰ると、妹達や甥姪と取り合いになっていたほどである。

『妹？　甥姪？　なぜ、隠れてひとりでいただかなかったのです？』

「自然の恵みはみんなの物ですので」

『あなたはただの食い意地が張った小娘ではないようですわね』

「どうでしょう？」

いつも妹や甥姪にたくさん食べてほしい気持ちと、自分がたくさん食べたい気持ちが鬩《せめ》ぎ合っていたのを思い出す。

結局、子ども達がかわいいので、自分の分まであげてしまっていたが。

「四衣子は自信を持って、食いしん坊だと言えます！」

『しょうもないことで、自慢をしないでくださいませ』

もっちゃんも一緒になって胸を張っていた。もっちゃんは魂の同志だ、と四衣子は改めて思ってしまった。

「よし、これくらいでしょうか」

どうやって食べようか、と四衣子は考える。

ただ単純に焼くだけでも、塩を振るか、醬油《しょうゆ》をかけるか、はたまた味噌を塗るか。味付けの可能性はごまんと思いつく。

「しいたけを焼いたあとの炭でしいの実を炒って――んん？」

どこからともなく、水がちろちろ流れる音が聞こえた。この辺りにも庭池でもあるのかと思ったが、鹿威《ししおど》しが鳴らす水音ではない。

「あの、この辺りに川があるのでしょうか？」

『あなた、わかりますの？』

「ええ」

『気になるようであれば、見にいくといいですわ』

四衣子は何かに誘われるように、水音のするほうへと歩いていく。

雰囲気がガラリと変わり、周囲にはたくさんの血が飛び散ったような花――曼珠沙華《まんじゅしゃげ》が生えていた。

ぞくり、と鳥肌が立つ。

曼珠沙華の盛りは九月半ばから下旬辺りだ。秋が深まるような季節に、このようにたくさん咲いているわけがない。

異質な雰囲気を漂わせているのに、四衣子はどうしてか歩みを止めることができなかった。

一歩、一歩と進んでいくと、光を帯びた霧に囲まれていく。

そして、行き着いた先にあったのは、行く手を阻むように流れる川だった。

とても水が澄んでいるのに、生き物の気配はまるでない。

川より向こう側は、黄金色の光に包まれ、眩《まばゆ》く光っていた。

「――え？」

ぱち、ぱちと目を瞬かせると、光の中に人影を発見する。

昔話に登場しそうなお爺《じい》さんの姿――四衣子にとって見覚えのある人物であった。

「曽お祖父ちゃんだ!!」

四衣子に優しかった曽祖父が、手を振っていた。

急いで駆け寄ろうとしたが、『きゅううううんっ!!』というひときわ大きな鳴き声で我に返る。

「あ……もっちゃん?」

もっちゃんがこのような声で鳴くのは珍しい。いったいどうしたのか。

なんて思ったのと同時に、四衣子はハッとなる。

――ここにいてはいけない。

それに気付いた四衣子はもっちゃんを抱き上げ、急いで道を戻っていった。

「はあ、はあ、はあ!!」

辺り一面に曼珠沙華が妖しく咲いている。

この花は〝死人花〟や〝彼岸花〟とも呼ばれているのを思い出し、ゾッとしてしまった。

きのこがたくさん自生する辺りに兎田がいた。その兎田も抱き上げ、小脇に抱える。

『あ、あの！　な、何をなさるのです⁉』

「こ、ここにいてはいけません！」

急いで庭を抜け、縁側から屋敷へ転がり込む。

掃き出し窓を閉め、しっかり施錠した。

まだ、荒い息は落ち着かない。心臓がバクバク鳴っていた。

右腕にもっちゃん、左腕に兎田を抱えた状態で、その場にぺたりと座り込む。

「さっき、四衣子が見たのは、〝黄泉《よみ》の国〟でした」

この世には、現世以外に三つの世界が存在する。

ひとつは高天原《たかまがはら》。神々が住まう楽園である。

ひとつは常世。そこは魑魅魍魎や客人と呼ばれる人ならざる存在《もの》が拠点とする世界である。

ひとつは黄泉国《よもつのくに》。死した人々が向かう、死後の世界だ。

先ほど川の向こうに見えた黄泉の国は、言葉のとおり黄金色に輝く世界であった。

四衣子は一度、神社にあった絵巻物で見た覚えがあったので気付けたのだ。さらに
そこには亡くなったはずの曽祖父がいて、四衣子に手を振っていたのである。よって、
黄泉の国で間違いないと確信できた。

「もっちゃんが止めてくれなかったら、四衣子は曽お祖父ちゃんのもとへ駆け寄っていました」

『途中で気付いてよかったではありませんか。あの川は、一度渡ったら帰ってこられませんのよ』

そんな言葉を耳にした瞬間、四衣子は恐怖でヒュ！　と息を呑《の》む。

「ど、どうして天満月家のお庭に、あのような場所があるのですか？」

『話せば長くなるのですが——そもそも黄泉の国へ向かう道というのは、この国にひとつしかありませんでした』

黄泉比良坂《よもつひらさか》と呼ばれる、生と死の狭間《はざま》に存在する場所らしい。

『けれどもある日、神の怒りにより、地上に雷が落ちてきました』

その衝撃で黄泉の国に繫がる狭間の欠片《かけら》が、帝都に飛ばされてしまった。

『欠片は強風を生み、大地を抉《えぐ》り、川を氾濫させてしまいました』

さすがの神も、そこまで被害が及ぶのは本意ではなかったらしい。

『神は天満月家の当主の夢枕に立ち、事態を鎮めるようにと命じました』

当時の天満月家の当主は、十二神使を使い、欠片の力を封じることに成功した。その後、天満月家は欠片を封じた土地に本邸を建てる。

昼食後はなんだか眠気を感じたので、少しだけ横になる。

天満月家にある座布団は分厚くふかふかなので、枕にするときはふたつに折らなくてもいいようだ。

高価であろう着物を纏《まと》っているのに寝るのは申し訳なく思ったが、眠気には勝てない。もっちゃんも目をショボショボさせている。

「もっちゃん、ちょびっとだけお昼寝しましょう」

『きゅうう』

目を閉じた途端、意識を失うように眠りの世界へ落ちてしまった。


ボーン、という柱時計の音で目を覚ます。

辺りは薄暗くなっていて、四衣子はギョッとした。

手探りで行灯《あんどん》を灯し、時刻を確認する。

「もう酉《とり》の刻《こく》なんですか!?」

悲鳴にも似た声で叫んでしまった。声に驚いたもっちゃんも、勢いよく飛び起きる。

屋敷に人の気配はまったくない。鳥海はおろか、左沢や使用人達もまだやってきていないようだ。

ひとまず、屋敷中の行灯に火を灯して回る。

台所を覗き込むと、当然夕食の支度はされていない。

おひつには朝の残りのご飯があったが、衝撃的な状態になっていた。

「こ、これは——!?」

四衣子は絶句してしまう。あろうことか、大切なご飯が硬くなっていたのだ。

葯原家ではご飯が余るということはないので、このような事態を目にするのは初めてであった。どうすればいいのかわからず、四衣子は頭を抱えてしまった。

「まさか十数時間経っただけで、ご飯がこんなにもかぴかぴになってしまうなんて!」

『きゅううん』

絶望しているところに、玄関から物音が聞こえた。誰かがやってきたようだ。

使用人か左沢かと思って向かったのに、玄関に立っていたのは鳥海ひとりだった。

「あ、あら？　鳥海様、だけですか？」

「そうだが？　なぜ、自分の家に帰ってきたのに、首を傾げられなければならない」

「ごめんなさい。左沢さんや使用人さん達かと勘違いしてしまいまして」

「あの者共は食事を終えたくらいの時間にやってくるが？」

「え!?」

まさかの事実に、四衣子は頭を抱えてしまう。

「どうした？」

「あの、その、鳥海様にひとつ、ご報告がありまして」

四衣子は膝をつき、頭を垂れながら告げる。

「じ、実は、四衣子………お料理がぜんぜんできないのです！」

「ほう？」

夕食の支度は使用人の手伝いをしよう、なんて考えていたのだ。

まさか、夕食後にならないとやってこないなんて、想定外としか言いようがない。

「興味本位で聞く。なぜ、料理ができない？」

「そ、それは、教えてもらえなかった、と言えばいいものなのか」

「もしや、習い事に姉妹格差でもあったのか？」

「いいえ！　いいえ！　そういうわけではなく」

四衣子のすぐ目の前に、鳥海が突然しゃがみ込む。四衣子の顎を摑み、視線を上に向かせた。

「目と目が合っていないと喋りにくい。そのような体勢で居続けるな」

「も、申し訳ありません」

「つまらないことでいちいち謝罪もするな。何を言われても、堂々としていろ。お前は天満月家の花嫁であるのだから」

「はい」

鳥海は四衣子の顎から手を離し、向かい合って座る形となる。

改めて、どうして料理ができないのか問われる。

「別に、料理ができないのを責めているのではない。四衣子、お前がどうしようもなく申し訳なさそうな顔で打ち明けるから、気になっただけだ」

言ってみろと促され、四衣子は料理ができない事情について語る。

「その、四衣子は七人姉妹でして、姉や妹達は全員、祖母や母から料理を習っておりました」

なぜ、四衣子だけ料理をさせなかったのか、それには大きな理由があった。

「幼少期から食に対する欲求が人一倍強く、赤ちゃんの頃から食品を前にするだけで、とてつもなく興奮していたそうです」

神前に供えた神饌《しんせん》にすら手を伸ばす、誰もが呆れるような幼少期だった、と四衣子は祖父や父から話を聞いていた。

歴代の当主は邪祓いの札を額に貼り、神主が一晩中祝詞《のりと》を捧《ささ》げていれば、九尾狐が表にでてくることはなかった。

「けれども私は強い神通力を持っている影響か、札や祝詞で九尾狐を抑え付けられなくなっていたようだ」

鳥海の体を好きなように操る九尾狐は、天満月家の屋敷を飛びだし、夜な夜な悪事を働いていた。

止めようとする者達をすべて幻術の世界へ誘い、強制的に意識を失わせるのだ。

「幸い、と言えばいいものか。九尾狐が私の体を支配し、暴れ回るのは夜間だけ。朝になれば、体を手放す」

左沢をはじめとする天満月家の者達が必死に鳥海を捜し回り、こっそり後始末を行い、連れて帰る、その繰り返しだった。

「どうしたものかと悩んでいたが、ある日、私は勘づいた」

具合が悪くなり、寝込んでしまうのは決まって食事のあとだった。

さらに、どの料理を食べたらそうなるかということにも気付いたのだ。

「それは、黒い靄を放つ料理だった」

鳥海は靄が漂う料理は残し、それ以外の物だけ口にしてみた。すると、その日の晩は九尾狐に体を乗っ取られなかったのだ。

「すぐに私は、九尾狐に取り憑かれる原因は肉や魚にあると理解したのだ」

ただ、育ち盛りの子どもが、肉や魚を食べないで暮らすというのは辛い話で、ぐんぐん伸びていた背もぱたりと止まってしまう。

さらに栄養が足りていないからか、あきらかに風邪を引きやすくなったり、熱をだしたりと、病弱になっていったようだ。

「左沢なんかは、九尾狐に体を乗っ取られてもいいから、肉や魚を食べるようにと言いだした」

けれども体調不良や九尾狐になる要因に関係なく、黒い靄が湧き出る肉や魚を鳥海は食べられなくなっていたのだ。

「無理矢理口にしても、すぐに吐きだしてしまった。自分の意思だけでなく、体も受け付けなくなっていたのだ」

鳥海自身も、このままではいけないと考えるようになっていく。

悩みに悩んだ末に、肉や魚の御霊《みたま》を移す儀式を思いついたのだ。

「父の葬儀で、〝遷霊祭《せんれいさい》〟と呼ばれる儀式が行われていた。それは、故人の御霊を位《い》牌《はい》へ導くものだ」

同じように、無念を抱く肉や魚の御霊を余所《よそ》へやれば、九尾狐への影響もなくなるのではないか。

名案が浮かんだ鳥海は、すぐさま左沢に相談した。すると、すぐに試そうという話になったという。

「だが、左沢をはじめとする神官数名が挑んだものの、誰もが失敗した」

遷霊祭は人のためにある儀式で、それ以外の生き物には作用しないのか。

その上、左沢は自らの実力不足だと訴える。

「ならば、私自身がやってみよう。そう決意し挑んだところ、見事に成功した」

御霊を追いやった肉や魚を調理してもらったのだが、膳に並んだ料理を見た鳥海は驚愕する。

「なくしたはずの靄が、再び浮かんでいたのだ」

料理人の負の感情を、料理が吸い取っていたらしい。肉や魚は、負の感情の影響を受けやすい食材だったのだ。

「そういえば、朝食を召し上がっていたようですが、あれは天満月家の方々が用意されたものですよね？　大丈夫だったのですか？」

「ああ。口にする前に対処したから問題ない。完全ではなかったため、おいしくはなかったがな」

いただきますの時間が長かったのを四衣子は思い出す。あれはお祓いをする時間だったのだろう。

「そんな事情があったとは。知らずに無理強いをしてしまいました」

「いや、いい。気にするな。おかげで、四衣子の人となりを知ることができたから」

四衣子は申し訳ない気持ちでいっぱいになっていたが、鳥海の一言で少しだけ救われた。

鳥海は話を続ける。

「他に手立てはないと諦めかけていたのだが、最後に私は気付いた」

靄の原因が調理人にあるのならば、自分自身で料理すればいいだけの話である、と。

「すぐさま私は台所へ向かい、調理人に料理を教えるように頼み込んだ」

突然やってきた鳥海を前に、調理人達は恐れ多いとおののく。

それらの意見を無視し、鳥海は台所に立ち続けたのだ。

「自分で作った料理には、靄などまったく浮かんでいなかった。これが、私を害することのない料理か、と初めて思ったのだ」

鳥海が調理したのは、はまぐりの潮汁《うしおじる》と小鯛《こだい》の塩焼き。

「あのとき食べた料理の味は、一生忘れない」

信じがたいほどおいしく、ぺろりと完食したという。

その日以降、鳥海は料理を行うようになった。

これで九尾狐を抑え付けられると喜んでいたのだが――。

「ある日、私の体は九尾狐に乗っ取られてしまう」

なぜかと考えていたが、それについても鳥海は気付いてしまう。

「おそらく九尾狐は、〝月蝕《げっしょく》〟をきっかけに、力を取り戻していたようだ」

それは太陽の神である天照大神《あまてらすおおみかみ》や、月の神である月読命《つきよみのみこと》の御威光《ごいこう》が弱まる日でもある。

「鳥海様、月蝕というのはなんなのですか？」

「夜に月が欠ける現象だ」

「月が蝕《むしば》まれていく、という意味なのですね」

「そうだ」

鳥海の説明を聞いていたら、四衣子は昨日の月について思い出す。

「昨晩も、満月から三日月に変わりました」

「そうだ。月蝕の日だったのだ」

天満月家では厳重な結界が展開され、鳥海の体が九尾狐に乗っ取られないよう、細心の注意を払った。

そんな対処も空《むな》しく鳥海は九尾狐と化し、屋敷を抜けだしてしまったのだ。

「月蝕の晩以降、再度九尾狐に取り憑かれるようになった」

食事は鳥海が調理した物を食べておけば、九尾狐と化す可能性が低くなるらしい。

そのため、料理は今も続けているという。

「すまない、長くなってしまった。立ち話でするものではなかった」

四衣子は気にするなとばかりに、首を横に振った。

「さて、調理を始めるか。米は――」

鳥海がおひつを開くのと同時に、四衣子が「あ!!」と声をあげる。

「な、なんだ?」

「ご飯が、かぴかぴになってしまったんです!」

このままでは糒《ほしい》にするしかない。せっかく炊いたのに、とがっくりしていると、鳥海はおひつのご飯を、蒸籠《せいろ》の中に移していた。

「四衣子、心配はいらない。硬くなった米は、一度蒸したら元に戻る」

「本当ですか!?」

「ああ。これから蒸してやるから、自分の目で確かめてみろ」

水を張り鍋を重ね、しばらく火にかける。

蓋を開くと、かぴかぴになっていたご飯に艶《つや》が戻っている。水分が米に行き渡り、炊きたてのようになっていた。

「このまま少し蒸らしておけば、食べられるだろう」

「鳥海様、すごいです！　四衣子、心の奥底から尊敬します！」

瞳をキラキラ輝かせながら訴えると、呆れたような表情を浮かべる。

「米を蒸しただけで、そのように尊敬されるとはな」

「本当にすごいことです！　四衣子、もうこのご飯は糒にしないといけないのでは、と考えておりました」

ご飯が硬くなった大問題は無事解決したので、四衣子はホッと胸を撫で下ろした。

「四衣子、何か食べたいものはあるか？」

「え!?」

生まれて初めて聞かれる問いかけに、四衣子は頭の中が真っ白になる。

「どうした？」

「わ、わかりません！　食事といえば、麦粥とお漬物でしたので、それ以外の料理が思いつかなくて」

四衣子の話を耳にしていた鳥海は、ただ「わかった」とだけ言って、水槽があるほうへ向かう。

何をするのかと思いきや、泳いでいた伊勢海老を摑んだのだ。

鳥海に摑まれた状態でびっちびっちと跳ねている。

「と、鳥海様、その伊勢海老様をどうなさるおつもりですか？」

「伊勢海老に様を付けるな。食べるに決まっているだろうが」

「そ、そうなのですね！」

池の鯉のように、飼われているものだと思い込んでいたのだ。

「台所で魚介を飼育する家庭がどこにあるのだ。なぜ、そのように思った？」

「最近、華族の間で、水槽の中でお魚を飼育するのが流行っていると、小耳に挟んだもので」

それは金魚だろう、と指摘される。

「これは食用の魚介類を蓄える生《い》け簀《す》という物だ」

「な、なるほど」

鳥海は伊勢海老を摑み、再度、四衣子のほうへ向けながら問いかけてきた。

「このままこれを飼育するのか？」

伊勢海老と目が合った。助けて、と訴えているようにも見えてしまう。

けれども伊勢海老は、普通に暮らしていたならば、一生口にすることのない高級食材だろう。

伊勢海老の生殺与奪の権を今、四衣子が握っていた。

「これから伊勢海老と打ち解けようかと考えていましたのに」

「どうやって？」

鳥海は真剣な眼差しで聞いてくる。からかっているような様子ではなかったので、四衣子は交流方法を教える。

「見つめ合う、です」

「ぐっ!!」

鳥海は不思議な声をあげ、口元を押さえると、顔を背けた。

何やら小刻みに震えているものの、どうかしたのか尋ねる余裕なんてない。

しばらくして落ち着いた鳥海が、改めて問いかけてくる。

「どうする？」

「……ます」

「ん？」

「食べます！」

結局、伊勢海老を飼育する楽しみよりも、食欲のほうが勝ってしまった。

夕食の食材に決まった伊勢海老は、鳥海によって捌《さば》かれる。

鳥海は鋭い刺身包丁を握り、伊勢海老の頭に包丁を入れ、刃を一回転させる。頭を摑んだまま胴を引くと、真っぷたつになった。

腹を上にして、殻に切り目を入れて割っていく。剝《む》きだしになった身を、包丁で削《そ》ぐように取った。

その後、冷水で身を締めて一口大に切り分けたら、伊勢海老のお造りの完成だ。

四衣子はたくあんを切っておくように、と命じられる。

もちろん、初めての挑戦である。

一生懸命切り分けたつもりだったが、たくあんは蛇腹《じゃばら》切りをしたように連なって繋がっていた。

「はっ!?」

声をあげてしまったので、振り返った鳥海に見つかってしまった。

「四衣子、お前……逆に器用だな」

「はい」

「お前は父親と同じ、頑固者だ」

「そうなのかもしれません」

四衣子は微笑みを浮かべながら答えた。

鳥海はそっぽを向きつつ、「頼む」と言葉を返した。四衣子はもっちゃんと共に跳び上がって喜んだのだった。

そのままの勢いで茶の間からでていこうとしたら、鳥海から「待て」と引き留められる。

「鳥海様、なんでしょうか？」

「もっちゃんは私のもとに置いていけ。人質《ひとじち》ならぬ、タヌ質《じち》だ」

「？　……ああ、そういうことですか」

風呂を沸かすと言って、天満月家の屋敷から逃げだすことを警戒しているのだろう。

四衣子はまだ、信用を勝ち得ていない。タヌ質を要求されるのも無理はないのだ。

「もっちゃん、半刻ほどしたら戻ってくるので、鳥海様と一緒にいい子で待っていてくださいね」

『きゅううん』

物わかりのいいもっちゃんは、寂しげな鳴き声を上げつつも、茶の間に残ったのだった。

四衣子は十代前半と思わしき年若い使用人から、薪《まき》と風呂場の焚《た》き口《ぐち》がある場所を案内してもらった。途中、四衣子は庭で木の枝や枯れ葉を集めて回る。

「四衣子様、こちらでございます」

「はーい、ありがとうございます」

使用人はひたすら気まずげな様子でいた。よく考えたら、四衣子は彼女から仕事を奪ってしまったのだ。心の中で申し訳なく思いつつ、こういうことを申しでるのは今日限りにしようと誓った。

焚き口は屋敷の裏手にあった。四衣子が作業しやすいよう、使用人は角灯を掲げてくれる。

寒いのでもう下がってもいいと言いたかったものの、使用人はここの責任者に違いない。もしも何かあったら彼女が責められてしまうのだ。間違いがないか、きちんと監視をしてもらおう。

焚き口の蓋を開くと、灰の一粒すら付着していなかった。毎日丁寧に手入れをされているのだろう。葫原家の焚き口なんて、灰の山が築かれている。十九人も入るとなると、何度も温め直すので、とんでもない量の灰が溜《た》まってしまうのだ。

すでに浴槽には水を張ってあるというので、まずは太い薪を並べ、その上に着火しやすい樹皮と枯れ葉、木の枝を重ねる。

マッチで火を点け、竹筒を使って息を吹き込む。すると火が大きくなっていった。

薪にしっかり火が点いたのを確認したら、ひとまず蓋を閉めておく。

あとはしばし放置して薪を追加したり、状況に応じて空気を送ったりすればいい。半刻《一時間》も経ったら、湯が沸くだろう。

暇になってしまった四衣子は使用人に声をかける。

年頃は十二、三歳くらいだろうか。四衣子のすぐ下の妹と同じくらいの年齢に思える。朝、身支度を手伝いにきてくれた使用人よりずっと幼い。そのため、使用人として教育中なのか、家具のように接するように、などとは言ってこない。少し言葉を交わしただけで喋ってくれるようになった。

「四衣子様、火を点けるのがお上手ですね。びっくりしました」

「実家では毎日していたんです。特にこれからの季節は大変で――」

「そうなんです」

四衣子は最後に浴槽で湯加減を確認する。いい感じに温まったので、鳥海を呼びにいった。

茶の間で待っていた鳥海ともっちゃんは、つかず離れずの絶妙な距離感でいた。微妙に気まずげな雰囲気なのは気のせいなのか。四衣子は首を傾げつつも、風呂の準備が整ったことを鳥海に伝えた。

「わかった。すぐに向かう」

すれ違いざま、鳥海はかろうじて聞き取れるような声で感謝の言葉を口にした。

「四衣子、ありがとう」

それが湯を沸かしてくれたことに対する感謝の気持ちだと気付いたときには、鳥海の姿は廊下から消えていた。

「あら、鳥海様がいなくなった？」

四衣子の疑問には左沢が答えてくれる。

「鳥海様はお屋敷の敷地内であれば、好きな場所を自由に行き来できるのですよ」

「そうなのですね！」

とても便利な能力だと、羨ましく思ってしまった。

鳥海が風呂に入っている間、四衣子には果物が運ばれてきた。

「今が旬の〝有りの実〟でございます」

「わあ！　華族の家では、梨を有りの実って呼んでいるのですね」

「そうなんですよ。不思議ですよね」

梨と聞くと「何もなし」という意味だと思われてしまうため、有りの実と言うようにしているらしい。

「有りの実、お好きですか？」

「大好きです！」

たまに神饌として神棚に置かれていたが、口にするのはたいてい子ども達なのだ。

四衣子が食べるのは、実に十年ぶりである。

四衣子にとって果物といえば、渋柿から作る干し柿くらいだった。ありがたいと思いつつ、もっちゃんと半分こにした梨を頬張る。

果肉はみずみずしく、しゃくしゃくとした歯ごたえもあって、ほんのり甘い。おいしい梨だった。

またしても、妹達や甥姪の顔が思い浮かんでしまう。自分だけいい物ばかり食べて、心の底から申し訳なくなったのだ。

左沢にバレないよう、そっと涙を拭った。それなのに、左沢から「明日、ご実家にも有りの実を持っていきますね」と言われてしまった。

どうやら彼はとても目ざとく、四衣子の考えを見抜いてしまうらしい。

「左沢さん、ありがとうございます」

「いえいえ」

家族のことでいちいち泣かないよう、訓練が必要だと思う四衣子であった。


その後、四衣子も入浴する。

実家では五人も入ると湯が冷めるだけでなくなってしまうので、水を追加し沸かし直していたが、天満月家ではひとり入浴したら湯を抜き、新しく沸かすらしい。

ひとりでゆっくり浸《つ》かる風呂は最高だった。

ただ、髪や体を洗って浴槽に浸かっていると、ほんの少しだけ寂しさを感じてしまった。

実家にいたころはなぜか姪達が一緒に入りたがり、もみくちゃな毎日で、大人数での入浴は狭いし湯は零れるしと、大変の一言だった。けれども、賑《にぎ》やかで楽しかったようにも思える。

寂しい気持ちになったものの、今は耐えるしかない。きっと時間が経ったら、今みたいに家族が恋しくなることもなくなるだろう。そう四衣子は自身に言い聞かせる。

風呂から上がり、脱衣所から廊下にでると、もっちゃんが出迎えてくれる。

その隣には使用人がいて「寝室はこちらです」と案内してくれた。

別に案内せずとも、寝室の場所は覚えている。けれどもこれも彼女の仕事なのだろうと思い、四衣子は使用人のあとに続く。

行き着いた先は、昨晩の寝室とは別だった。襖の前には左沢がいて、歓迎するようににっこり微笑む。

「四衣子様、今晩はこちらでお眠りください。少々、居心地が悪いと思いますが」

「平気です。四衣子はどこででも眠れますので」

実家では甥姪に布団や毛布を奪われ、畳で目覚める朝も珍しくなかった。それに比べたら、居心地が悪いなんてことはないだろう。

「四衣子様のお言葉をお聞きして、安心しました」

左沢は「失礼します」と声をかけ、襖を開いた。

そこには、布団の上で胡座《あぐら》をかく鳥海の姿がある。

「おい左沢、今、ここが居心地が悪いだのなんだのと言ってなかったか？」

「いえいえ、お聞き間違いでは？」

左沢はしれっと言葉を返す。四衣子は笑いそうになってしまったものの、口元を押さえてなんとか堪《こら》えた。

それよりも、案内された先が鳥海の寝室だったので驚く。

てっきり、こういうのは結婚式を終えてからだと思っていたのだ。

「鳥海様、今晩から四衣子様と寝所を共にしていただきます」

「どうせ拒絶でもしたら、四衣子を廊下に寝かせるなどと言うのだろうが」

「おや、よくわかりましたね」

鳥海は返事をするかわりに、深く長いため息を返す。

「あの、四衣子は別に廊下でもぐっすり眠れます」

「廊下なんかでぐっすり眠るな。いいからこっちに来い」

「あの、もっちゃんもいいですか？」

「ああ、もっちゃんもいいから」

寝室に入ると、すぐに襖が閉められてしまった。

左沢が襖の向こう側から「おやすみなさいませ」と声をかける。

寝室は小さな行灯がひとつ灯されるばかりで薄暗かった。

布団は二組み敷かれており、真ん中には衝立《ついたて》があった。どうやら最低限の配慮はし

幼い甥姪は楽しげに遊んでいたものの、四衣子を前にしても無反応である。

こんなのおかしい、これは夢だ。それに気付いた四衣子は、懐に入れていた護符を空に向かって投げつける。すると、周囲が眩い光に包まれていった。

「――っ！」

四衣子は猛烈な寒気を感じ、目を覚ます。

先ほどの夢はなんだったのか。夢を夢と自覚するなどありえないのに。

なんて考えていたら、衝立の向こう側から声が聞こえる。

「はっ、はっ、はっ、はっ！」

それは鳥海の苦しむような声であった。

「あの、鳥海様、いかがなさいましたか？」

四衣子の声に驚き、もっちゃんも目を覚ます。

ひとまず行灯の灯りを点けてから、再度声をかけた。

「鳥海様？」

呼びかけるが反応はない。

手元に置かれていた角灯に火を灯して掲げる。

すると、衝立にキツネの耳に九本の尾を生やした鳥海の影が映った。

鳥海は九尾狐と化している。逃げないように、見張っていなければならない。
そう思った四衣子は角灯を置き、衝立の向こう側を覗き込んだ。
美しい青の瞳は真っ赤に染まり、四衣子の存在に気付くとジロリと睨んでくる。
九尾狐の周囲にぽつぽつと火の玉が浮かび上がった。あれは狐火なのか。
『ううううう!!』
九尾狐となった鳥海は唸り声をあげ、四衣子に飛びかかってきた。
避けきれず、そのまま押し倒される形になる。
『ううう、うううううう!!』
九尾狐は四衣子の両肩を押さえ付け、牙を剝きだしにする。
爪も獣のように鋭くなっているようで、肩に食い込んできた。
『きゅううん! きゅううん!』
もっちゃんは廊下にいるであろう天満月家の者達に助けを求めようとした。
しかしながら、九尾狐の長い尾に捕まり、宙に浮いてしまう。
「もっちゃん!!」
『きゅううううん!』
「――――!」

なんて器用な尻尾なのか、と四衣子は思う。牙や爪だけでも脅威なのに、あの長い尾も武器になりそうだ。

『うがあああああああ‼』

九尾狐は咆哮《ほうこう》するような声をあげ、四衣子に噛みつこうとした。

その瞬間、四衣子は腕を伸ばしながら叫ぶ。

「こ、これでもくらえ――――‼」

九尾狐の両耳を摑み、わしゃわしゃと揉んだ。

ふわふわ、ふかふかの毛並みに包まれたキツネの耳は、とてつもなく触り心地がいい。

ずっとこうして触れていたいくらいだった。

想定外の攻撃だったからか、九尾狐は目を限界まで見開いたまま硬直している。

この隙を逃さない、と四衣子は九尾狐の耳を握った状態を維持し、腕を大きく動かして右方向へと引っ張った。すると、九尾狐の体はぐらりと傾き、ごろんと転がる。

四衣子は素早く体勢を整え、尻尾に捕らわれていたもっちゃんを救出した。

九尾狐が立ち上がる間に、もっちゃんを背後に隠す。

『うぐううううう！』

九尾狐は低く唸りながら、四衣子へ手を伸ばす。

四衣子は勢いよく前に飛びだし、九尾狐の頭を両手で力いっぱい下に向かって押した。すると体の軸が崩れたのか、九尾狐はあっさり転倒する。

四衣子は九尾狐に馬乗りになり、片手で口元を押さえもう片方の手は両目に突きだした。

「動いたら目を突きます！」

反抗的な眼差しを向けるものの、九尾狐は大人しくしている。人間の言葉は通じるようで、四衣子の言葉を警戒しているように思えた。

「鳥海様の体からでていってください！」

『ううううう!!』

「返さないと、また、お耳をもみもみしますよ!!」

そう宣言すると、九尾狐は首を左右に振ったあと、意識を失ったように目を閉じる。

周囲を妖しく飛んでいた狐火はなくなり、九尾狐の象徴たるキツネの耳や尻尾が消えた。

どうやら、九尾狐を鳥海の体から追いだすことに成功したようだ。

ホッと胸を撫で下ろしていると、鳥海が「ぐっ！」と苦しげな声をあげる。

「よかったです」

鳥海が元気になったのでよしとする。恥はその場に捨て置いた。

四衣子は顔を手で扇《あお》ぎながら、用意されていた座布団にストンと腰を下ろす。

膳もすでに置かれていて、使用人がおひつの中のご飯を装ってくれた。

昨日に引き続き、天満月家のご飯はつやつやと輝いている。うっとりしつつ、手と手を合わせ感謝の気持ちを込めて「いただきます」と口にした。

本日の朝食は、ご飯と野菜のふくめ煮、ホウレンソウのごま和えに豆腐の味噌汁、ハクサイの漬物——昨日同様、肉や魚を使わない健康的な献立である。

もっちゃんには茹でた鯨肉《くじらにく》とジャガイモが用意されていた。

本日もありがたくいただく。鳥海も普通に箸を進めており、左沢の喜ぶ表情が視界の端に見えた。あまり朝食を食べないと聞いていたが、四衣子に合わせて食べてくれているのだろう。

食べて大丈夫かと聞いたら、朝食は鳥海が昨晩仕込んだもののようで、問題ないと言っていた。それを聞いて、四衣子はホッと安堵する。

今日は玄関までの見送りも許可してくれた。

出発する前に、鳥海は手巾の包みを四衣子に差しだしてくれる。

「鳥海様、こちらはなんですか？」

「弁当だ」

なんでも鳥海は、毎朝自分で弁当を作っているらしい。

「別に、お前のために用意したのではない。自分の物を用意するついでだ」

「鳥海様、ありがとうございます」

もうひとつ、鳥海が手にしていた唐草模様の風呂敷の包みはもっちゃんの弁当だった。

鳥海はしゃがみ込み、もっちゃんの首に風呂敷を巻き付ける。

「お前も自分の弁当は自分で持っておくんだぞ」

『きゅん！』

まさかもっちゃんの分まで弁当を用意してくれるなんて。四衣子は感激してしまう。

「鳥海様、本当にありがとうございます！」

「礼はいいから、私の留守の間、余計なことはせずに昨夜の件だけ頼む」

「はい、わかりました！」

仕事へ向かう鳥海の背中に、四衣子は「いってらっしゃいませ！」と声をかけたのだった。

◇◇◇

もっちゃんと共に気合いを入れて庭へ足を踏み入れようとしたら、背後から声がかかる。

『あなた達、どこに行きますの!?』

くるんと一回転し、畳の上に優雅に降り立ったのは、白いウサギ。

鳥海に仕える十二神使の一柱、兎田であった。

「四衣子ともっちゃんは、これから鳥海様の命令で、結界について調査を行います！」

『でしたら、わたくしも一緒に行きます。昨日みたいに、何かやらかさないか心配ですので』

「ありがとうございます！　ウサ田さんは優しいですね」

『兎田《うさいだ》ですわ！　それに、優しいのではなく、あなたを信用していないだけです！』

彼女はそう言っているものの、何はともあれ、天満月家をよく知る兎田が同行してくれるのはありがたかった。

さっそく、縁側から庭に下りる。

『天満月家の結界は、主に黄泉の国への入り口を守護するものなんです』

この世のありとあらゆる悪意をはね除《の》け、清浄な状態を維持しているらしい。

『敷地内には十二の楔石《くさびいし》がありまして、結界の要《かなめ》となっております。その楔石は十二神使がそれぞれ守っておりますの』

兎田は庭に置かれた石灯籠《いしどうろう》の前で立ち止まる。

『これがわたくしが守護する楔石ですわ』

近付いてみると、それが特別な石であると四衣子にもわかった。

『触れても構いませんわよ。楔石の力に耐えられる自信があれば、の話ですけれど』

四衣子は迷わず、石灯籠に触れる。すると石灯籠からバチン！　という音が鳴り、雷が散ったように火花がチカチカ光る。

「これは――！」

触れただけで、石灯籠にとてつもない力が込められていることがわかった。

『あなたは本当に怖いもの知らずですわね』

「怖いもの、たくさんありますよ」

『たとえば、なんですの？』

「食事抜き、という宣言をされることとか」

兎田は聞いて損をした、と言わんばかりのため息を吐く。

『ところで、わたくしの楔石に異変などありましたか？』

「いいえ」

ただただ神聖な力を感じるばかりであった。鳥海が説明していたほころびは何ひとつないように思えた。

『わたくしが案内できる楔石はこれだけですわ』

「担当する石だけを把握しているのですね」

『把握、というよりは、興味がない、と言ったほうが正しいのですが』

どうやら地道に探すしかないようだ。

『昨日会った、猪丸でしたら、教えてくれそうな気もしますが』

他の十二神使とはあまり関わり合わないので、どういった対応を取るか想像もつかないらしい。

さっそく、四衣子は猪丸を呼んでみた。

「イノシシ丸さーん、いますかー？」

『はーい』

四衣子によるのほほんとした呼びかけに、猪丸はすぐに答えてくれた。

『どうかしたのー？』

「鳥海様に天満月家の結界について調べるよう命じられているのですが、イノシシ丸さんの楔石のある場所を四衣子達に教えていただくことはできますか？」

『いいよう』

猪丸は姿勢を低くし、『背中に乗っていいよう』と勧めてくる。四衣子はもっちゃんと兎田を左右の腕に抱き、猪丸の背中に横乗りになった。

猪丸は『よいしょ』と言って立ち上がる。視界が高くなったので、四衣子は楽しい気分になってきた。

「わー、高いです！」

『きちんと、摑まっていてねえ』

猪丸はぐっと膝を曲げると、弧を描くように大きく飛んだ。突然跳躍したので、驚いた兎田が悲鳴をあげる。

『ぎゃああああああ――――!!』

その一方で、四衣子は高い高いをされた赤子のようにキャッキャと喜んでいた。

あっという間に、楔石がある場所に行き着いたようだ。

『ここが、我《わ》の楔石だよお』

猪丸が爪でカシカシと叩いているのは、縁側から池に行くまでの道に置かれた敷石のひとつである。

他の石とは異なり、ほんのり青みがかった不思議な色合いをしていた。

『敷石の上に乗ってみてよお。普通の石とは違うってわかるからあ』

四衣子は猪丸の背中から下りると、楔石をつま先で踏んでみた。

すると、すさまじい風が巻き上がる。

『わかったあ？』

「はい、わかります」

強い力を目の当たりにしたのと同時に、兎田の楔石との繋がりも感じた。

それは糸のような細い光の筋で、それにそっと触ってみると、四衣子の視界に輝く編み目が見えるようになった。

「これが、天満月家の結界!?」

蜘蛛《くも》の巣みたいに、糸が張り巡らされている。

悪意を持った存在が近付くと、先ほど四衣子が楔石に触ったときに受けた力が発動されるのだろう。

『すごいねえ。もう、結界が目に見えるようになったんだあ』

「え、ええ」

『鳥海様でも、見えたのは当主の座についてからだったのにい』

「ウサ田さんやイノシシ丸さんに、直々に案内していただいたのがよかったのかもしれません」

『そっかあ』

このあとも、猪丸は四衣子達を背中に乗せて庭を回ろうか、と提案してくれる。

兎田はもう猪丸に乗りたくないようで、『これ以上、付き合っていられませんわ！』と宣言していなくなった。

「結界が見えるようになったので、楔石を確認して回らなくてもよくなりました」

『だったら、適当に走り回ってみるから、気になる箇所があったら、教えてねえ』

「はい、よろしくお願いします」

片手で猪丸の背中の毛を摑み、もう片方の手でもっちゃんをしっかり抱く。

『じゃあ、出発するよお』

天満月家の庭は四衣子が想像していたよりも広く、景色がくるくると変わっていく。

裏庭のほうには竹林や川が通っており、向こう側には畑も確認できた。

そのすべてを守るように、結界は大きく展開されていた。

「わあ！　大きな川が流れています。お魚さんはいるのでしょうか？」

『いるよお。今の季節だと、アユとイワナかなあ。川魚、好きー？』

「大大大好きです！」

なんて話をしている間に、出発地点に戻ってくる。一周回っただけでは、ほころびは発見できなかった。

「うーん」

『どうする？　二回目も行くー？』

「よろしいのですか？」

『いいよお』

二周目は逆方向へ回ってくれるようだ。

四衣子は目を凝らし、周囲へ目を向ける。すると、結界の糸がわずかに動いているのを発見した。

「イノシシ丸さん、止まってください！」

『はーい』

のんびりした口調とは裏腹に、猪丸は急停止する。

『どうかしたのー？』

「今、大きな栗《くり》の木が生えている辺りの、結界の糸が動いたように見えたのですが」

止まって見てみると異変はない。目をごしごし擦りながら、見間違いだったのではないか、と思う。

「でも、なんか、気になります」

四衣子は猪丸から下り、結界に手を伸ばし、糸を掴んだ。すると、手応えを感じてしまう。

『ぴぎゃ!!』

「あ!!」

四衣子が触れた瞬間、その魑魅魍魎は姿を現す。

胴が長い真っ黒なキツネが、結界に絡みついていたのだ。

四衣子を見た瞬間、牙を剝きだしにし、嚙みつこうとする。

「これは、管狐《くだぎつね》ですか!?」

大きさは下町辺りでよく見かけるアオダイショウくらいだろうか。ヘビを捕まえるときのように頭をぐっと強く掴むと、胴体を四衣子の腕に巻き付け、ぎゅうぎゅう締めつけてくる。

結界に絡んでいた尻尾を外してあげた途端、管狐は黒い靄と化して四衣子の手からするりと抜けた。

「逃がすものですか！」

黒い靄に護符を投げつける。すると、『ぴぎい！』と鳴いて管狐の姿に戻った。

すぐさま捕まえ、これ以上悪さができないよう、使用人が持たせてくれた水筒の中に閉じ込めた。

出てこられないように、封印の札をしっかり貼り付けておく。

『お見事ー！』

猪丸が前肢を踏みならしながら、四衣子を褒めてくれる。

『結界のほころびは、さっきの管狐で間違いないようだねえ』

「ええ。しかし、なぜあのように引っかかっていたのでしょうか？」

『うーん、わからないなあ』

もしも天満月家に害をなす存在であれば、結界に近付いた瞬間に外へ弾《はじ》かれるようになっている。けれども管狐は結界に絡みついたまま、身動きが取れなくなっていた。

「天満月家の結界に気付かずに通りかかった、ドジな管狐、ということでしょうか？」

『うーん、どうだろう』

ひとまずこの管狐は鳥海に引き渡そう。そう決めて、四衣子は水筒の紐《ひも》を帯に吊《つる》しておいた。

管狐が絡んだ結界の糸は、少しささくれ立っているように見える。

「イノシシ丸さん、ここの結界のほころびはどうします?」

『直せるよお』

猪丸が結界に額をくっつけると、淡く光る。次の瞬間には元通りになっていた。

『これでよーし』

ほころびはなくなり、結界も問題なく展開されていると言う。

「これにて一件落着、ですね」

『だねえ』

猪丸は再び四衣子ともっちゃんを背中に乗せ、屋敷まで送ってくれた。

縁側の前で、優しく下ろしてくれる。

「イノシシ丸さん、ありがとう」

『いえいえ、お役に立てたのならば、幸いだよお。また、困ったことがあったら、気軽に呼んでねえ』

そう言って猪丸は踵を返し、姿を消した。

四衣子はもっちゃんを抱き上げ、屋敷へと上がる。すると、兎田が出迎えた。

『あら、意外と早いお帰りでしたのね』

「イノシシ丸さんが背中に乗せて移動してくれたので」

『そうでしたの』

兎田によると、四衣子が不在中に、来客があったという。

「そうだったのですね。もう帰られたのですか？」

『ええ。人に化けた神官の式神が応対したので、心配はなさらなくて結構ですわ』

鳥海と四衣子の結婚の話を聞きつけ、天満月家と懇意になりたい華族から祝いの品が送られてきたらしい。

『すべて奥座敷に運んだようですので、あなたが選別してくださいな』

「選別？」

『ええ。天満月家の当主に相応しい品か否か、妻であるあなたが確認しなければならないのですよ』

「そ、そんな！」

四衣子に目利きなんて不可能だ。これまで、高価な品には触れたことすらない。

仕事があるのは喜ばしいものの、四衣子にはできない類のものである。思わず頭を抱えてしまった。

『ひとまず、わからなくてもやろうとした、というやる気は示しておいてもよいのでは？』

「そうですね」

何はともあれやってみよう。四衣子は奥座敷に向かう。

そこには足の踏み場もないくらいの贈り物が並べてあった。

「わ、わー、すごい！」

結婚はまだ正式に発表されていないのに、風の噂で話を聞きつけた華族達が我先に、と送ってきたようだ。

中には四衣子の背丈よりも大きな包みがある。絵画か何かだろうか。よくわからない品ばかりであった。

「もっちゃん、贈り物を倒さないように気をつけてくださいね。押し潰されて、身動きが取れなくなってしまいそうなので」

『きゅううん』

まずは目についた包みを手に取る。それは風呂敷に包まれており、手紙には〝葫原四衣子様江〟と達筆に書かれてあった。

「もっちゃん、四衣子宛ての贈り物があります！」

『きゅん』

「うわあ、なんでしょうねー」

鳥海宛ての贈り物を開梱《かいこん》するのは少し気後れするものの、四衣子宛てならば問題ない。なんて考えつつ、四衣子は風呂敷の結び目を解く。

中身は木箱だ。そっと蓋を開く。すると、黒い煙がもくもく漂ってきた。

「わあ！」

声をあげながら、四衣子が木箱を拳で叩き割ったところ、煙は消えてなくなる。

「こ、これは……」

木箱の裏には、呪いの文字が書かれていた。煙を吸い込んだ途端、げじげじ虫と化してしまう呪術がかかっていたようだ。

「危うく、げじげじになってしまうところでした！」

げじげじの花嫁なんて、前代未聞だろう。四衣子は内心戦々恐々とする。

「四衣子がげじげじと化しても、鳥海様は優しく接してくれたかもしれませんが……」

げじげじは害虫を食べる益虫だし、と四衣子は独りごちる。

それにしても、祝いの品の中に呪いの品を紛れさせて送るなんて、悪質としか言いようがない。当然ながら、差出人の名前なんてなかった。

「こういうことがあるから、選別は大事なのですね」

幸いにも、実家が神社で宮司の娘である四衣子は、呪いの対処法を心得ていた。

どんとこい！　という気持ちで、祝いの品を調べていく。

その後も四衣子宛ての贈り物がいくつかあったが、いずれも呪いが付与された品ばかりだった。

対処は簡単だ。どれも呪いが発動される前に、拳で叩き割るだけである。

一時間ほど経つと、四衣子の周囲には呪いを解いた贈り物の残骸が山のように積み上がっていた。

「よ、四衣子、とてつもなく嫌われています！」

『きゅうん、きゅうん！』

もっちゃんは「それは違う！」と言わんばかりに首を横に振る。

はあ、とため息を零すと、ぐーっと腹の虫が鳴る。四衣子は鳥海のお手製弁当のことを思い出した。

「もっちゃん、昼食にしましょう！」

『きゅううん！』

沸かした茶と弁当を縁側に持っていき、庭の紅葉を眺めながらいただくことにした。

四衣子はもっちゃんと共に、くれ縁に腰を下ろす。

秋の心地よい風が、四衣子の頬を撫でた。

こうやって弁当を作ってもらったのは生まれて初めてである。四衣子はわくわくしながら包みを解き、曲げわっぱの蓋を開く。

「わあ！」

そこには、栗ご飯と卵焼き、レンコンの煮しめに長芋の酢の物、鮑の酒蒸し、と豪勢な料理が所狭しと詰められている。

もっちゃんの弁当は、サツマイモの茶巾絞りに解した鶏肉、ゆで卵に柿がひとつと、こちらも大充実の内容である。

「鳥海様、いただきます！」

『きゅううん！』

膝の上に弁当箱を置き、足をぶらつかせながら上機嫌で食べ始める。

栗ご飯は蒸《ふか》した栗がほっこりしていて、ご飯は餅米を使っているのでもっちり。ごま塩を少し振ってあるので、栗の甘さにしょっぱさがよく合う。

四衣子が卵焼きを食べるのは生まれて初めてであった。卵は高級品で、庶民は結婚式などの祝いの席でしか食べることができない。神饌としてお供えされることが年に一度くらいあるものの、そういうときは幼い甥姪の口に入っていくのだ。

卵焼きを一口大にわけて頬張る。

「んんん!」

卵は層になっていて、ふっくら焼かれていた。噛んだ瞬間、出汁がじゅわっと溢れてくる。これまで味わったことのない極上の卵料理に、四衣子は感激した。

「卵焼き、とってもおいしいです!」

もっちゃんの弁当にはゆで卵があったので、四衣子は殻を剝いてあげた。新鮮な卵だからか、殻が白身にくっつく。苦戦したのちに、ゆで卵をもっちゃんに食べさせてあげた。卵を口にした瞬間、もっちゃんの瞳がキラキラ輝く。

「卵、最高ですよね」

『きゅううん!』

それ以外の料理も絶品だった。ゆっくり味わうつもりだったが、あっという間に平らげてしまう。

緑茶を飲み、ホッと息を吐く。

さあこれからまた働こうか、と立ち上がろうとしたところに、猪丸が縁側の傍に降り立つ。

「あら、イノシシ丸さん、どうかしたのですか？」

猪丸が口に銜《くわ》えていた竹筒を傾けると、アユがでてきた。まだ生きていて、びっちびっちと跳ねている。

「こ、このお魚さんは!?」

『結婚のお祝い、持ってきたよお！』

先ほど四衣子が川魚に反応したからだろうか。猪丸が捕まえてきてくれたらしい。

「こんなにたくさん……！　嬉しいです」

『よかったあ』

「ありがとうございます」

『いえいえー！』

呪いの贈り物ばかりでさすがの四衣子も落ち込んでいたものの、猪丸の祝いの品を受け取り、元気を取り戻す。

「夜に、鳥海様といただきます」

猪丸は大きく頷き、またすぐに姿を消した。四衣子は水を張った桶《おけ》にアユを入れておく。夜までならば、これで十分だろう。

「もっちゃん、午後も頑張りましょう！」

『きゅん！』

贈り物の選別はできそうにないので、差出人の名前と贈り物を記録するだけに止めておいた。それだけでも、半日かかってしまう。

太陽が沈む前に四衣子は屋敷の灯りを灯して歩き、鳥海の帰宅を待った。

庭でスズムシが賑やかに鳴き始める頃、鳥海が職場から帰ってきた。

先にもっちゃんが気付き、知らせてくれた。四衣子は急いで玄関まで駆け、鳥海を迎える。

「鳥海様、おかえりなさいませ！」

「ああ、ただいま戻った」

靴を脱いで屋敷へ上がった鳥海は、四衣子の頭をがしがし撫でる。

「わっ！」

少々力が籠もっていたので、四衣子の体はぐらりと傾いた。

それに気付いた鳥海は、ギョッとした表情で四衣子を抱きかかえる。

「すまなかった！」

「いいえ、大丈夫です」

「つい――」

「つい？」

鳥海は手で口を塞ぎ、四衣子から目を逸らす。

何か後ろめたいことがあったのだろうか？　四衣子は鳥海をジッと見上げた。

「いや、その、なんだ……。怒らないで聞いてほしいのだが、お前が昔飼っていた柴《しば》犬《いぬ》に見えてしまい、頭を撫でてしまった」

鳥海が幼少期に大切にしていた犬で、出先から家に帰ると、尻尾をぶんぶん振りながら歓迎していたらしい。そんな様子と、出迎える四衣子の姿が重なった結果、頭を撫でてしまったようだ。

「そういうことでしたか！」

「すまない」

「全然気にしてません」

「いや、少しは気にしてくれ……」

それよりも、四衣子は鳥海がずいぶんとくたびれている様子なのが気になった。

「今日は大変な一日だったようですね」

「ああ」

神事で普段よりも忙しかったこともあったのだが、日吉津侯爵に捕まってしまい、娘である芙美江との婚約解消についてしつこく問い詰められたらしい。

「婚約など交わしていなかったのだが、日吉津侯爵と娘は婚約を取り交わしたものだと思い込んでいたようで」

日吉津侯爵は結婚相手が華族ではない、庶民の娘だということにも納得がいっていなかったようだ。

「挙げ句の果てに、日吉津侯爵の娘を正妻にし、四衣子を第二夫人にするよう提案しはじめて……」

頭が痛くなるようなやりとりを半刻以上も交わしていたようだ。

「四衣子は第二夫人でもいいですよ」

「よくない。四衣子がただひとりの私の妻だ」

芙美江でなくとも、周囲の者達が納得するような女性が鳥海の隣に立つのが相応しいのではないか。そう思いつつも、どうしてか四衣子はモヤモヤしてしまう。

呪いの品を送りつけられる花嫁なんて、天満月家にとっては恥でしかないだろう。いっそのこと、第二夫人という立場であれば、気持ちが楽なのに、と四衣子は考えてしまう。

その昔、華族の第二夫人だったという氏子から、話を聞いた覚えがあった。

華族の五割以上が第二夫人を抱え、生まれた子どもは正妻が自分の子も同然に育てるのだ、と。

鳥海もそうすればいいのに、と四衣子は思う。

「四衣子、妙なことは考えるなよ。ぜんぶ顔に出ているからな」

「うっ！」

痛いところを突かれ、四衣子は反省したのだった。

「それはそうと、結界のほころびを発見しました。こちらです！」

帯に吊していた水筒を、鳥海に差しだす。

「なんだ、これは？」

「管狐が引っかかっていたんです」

「は!?」

鳥海は水筒の中から管狐を取りだし、首根っこを掴む。

鋭い目で睨み、管狐へと問いかけた。

「お前は、どうしてうちに入ろうとした？」

『ぴ、ぴぎいいいぃ！』

管狐は今にも泣き出しそうな声で鳴く。鳥海がジロリと睨みつけると、途端に大人しくなった。

「こいつ、小細工をしていたのか！」

なんでも管狐は気配を遮断する術式を自身にかけてあったようだ。入念に調査しなければ、鳥海でも気付けなかったわけである。

「それにしても、妙だな」

通常であれば、魑魅魍魎の類は結界を避けて通るらしい。それなのに、まるで目的があるように結界の中に突っ込んでいたというのは、いささか不審であるようだ。

「おかしな奴《やつ》め」

『ぴぎゅううう』

鳥海が睨みを利かせた瞬間、管狐は気を失ってしまった。

「こいつは私が預かっておこう」

「わかりました」

「ほころびはどの辺りにあった？」

「お庭の、大きな栗の木がある場所はご存じですか？」

「ああ、あそこか」

鳥海は腕を伸ばし、結界に繋がる糸に触れる。すると、ほころびがあった位置を確認できたようだ。

「あの部分に引っかかっていたのか。なるほど」

「いかがでしょうか？」

「元通りになっている。結界にほころびはない」

問題ないようなので、四衣子はホッと胸を撫で下ろした。

「四衣子、よくやった。まさか本当に見つけるとはな」

「偶然です！」

「偶然も実力のうちだ」

思いがけず褒めてもらえたので、四衣子はくすぐったいような気持ちになる。

「他に何か気付いたことはあるか？」

「え――っと、何もないような」

『きゅうん！』

もっちゃんから、天満月家に届いた結婚祝いについて報告しないと、と指摘される。

「あ、そうでした。鳥海様、四衣子宛ての結婚祝いの中に、呪いが付与されている品がたくさんございました！」

「誰だ、そのようなバカげた行為をするのは!?」

「わかりません。差出人は無記名でしたので」

鳥海は四衣子の肩を掴み、ぐっと接近する。彼の青い瞳が一瞬、きらりと光ったように見えた。不意をつかれて平静を失いつつも、海はこのような色なのか、と四衣子は思ってしまう。

「呪いは――かかっていないな」

どうやら確認のための接近だったらしい。どぎまぎしてしまった自らを、四衣子は恥ずかしく感じた。

「届いた物はどこにある？」

「奥座敷です」

鳥海は四衣子の手を握ったあと、もっちゃんを抱き上げる。

「あの、鳥海様？」

問いかけた瞬間、これまでいた場所から一瞬にして奥座敷に移動した。

そういえば昨晩、鳥海は屋敷内ならばどこでも行き来できると、左沢が話していたのを思い出す。

「どれだ?」

「こちらです」

バキバキに壊された呪われし贈り物の山を見た鳥海は、驚いた表情で振り返る。

「呪いを無効化したのか?」

「はい。こういうのは早いほうがよいので」

呪われた品物を持ち込まれるのは日常的で、四衣子は対処法も熟知していたのだ。

「四衣子、お前は私が思っていた以上に、とてつもなく優秀だ」

「本当ですか?」

「嘘は言わない」

呪いの贈り物が届いた件について、鳥海は四衣子に謝罪する。

「すまない。四衣子との結婚はいまだ公表していなかったのだが、いつの間にか広まっていたようだ」

通常であれば、天満月家に向かった悪意が込められた品は結界が弾く。

呪いがかかった贈り物も、本来であれば届くことはない。

まだ結婚式を執り行っていないので、四衣子は天満月家の者と見なされていないのだろう。

そのため、四衣子宛ての呪われた贈り物が手元にやってきた、というわけである。

「もしかしたらあの管狐も、四衣子を狙っていたのかもしれない」

「そういえば、四衣子を見つけた瞬間、シャーッて噛みつこうとしていました」

「ならば、間違いないいな」

魑魅魍魎はよほどのことがない限り、人を襲わない。害をもたらすのは、人間側が悪さをしたか、魑魅魍魎を引きつけるほどの邪気をまとっているか――。

「あとは、誰かが管狐を使役し、命じているかのどれかだ」

鳥海が改めて管狐を確認すると、使役の刻印らしきものが見えたようだ。

呪いを付与した贈り物同様、誰かが管狐を送り込んだとみて間違いないだろう、と鳥海は言う。

「これらの品の取り扱いは左沢に任せておこう」

「わかりました」

「こっちの贈り物は、問題ないようだな」

「はい。一応、目録を書いておきました」

「呪いと奮闘しながらも、作成してくれたのだな」

「はい！」

「感謝する」

真面目な顔で目録を読んでいた鳥海だったが、突然ぷっと噴きだしながら笑いはじめる。

「あの、鳥海様、何か間違っておりましたか？」

「いや、品目にある、とてつもなく高そうな壺《つぼ》とか、手垢《てあか》がつきそうな純金の置物とか、よくわからない異国の花が描かれた絵画とか、書かれてある説明が面白くて」

そこまで詳しく記録しなくてよかったらしい。四衣子は恥ずかしくなる。

「あの、鳥海様、書き直しますので、返してください！」

一生懸命手を伸ばすも、鳥海は四衣子が届かない高さまで腕を上げてしまう。

「いや、いい。品物を確認する楽しみができた」

「うう……！」

報告は以上である。今日一日、よく働いた気がして、四衣子は達成感に満ち溢れていた。あとは、ごはんを食べて、お風呂に入るばかりである。どちらもお楽しみの時間であった。

「今日の夕食はどうしようか？」

「イノシシ丸さんに、アユをいただいたんです。串打ちして、お庭でいただきましょう。炭焼きは四衣子にお任せください」

「そうか。では私は、味噌握りでも作ろうか」

「な、なんですか、それは!?」

「焼いて味噌を塗ったおにぎりだが？　食べたことはないのか？」

「ないです」

「だったら、楽しみにしておけ」

そんなわけで、アユの邪祓いを終えたのちに、各々《おのおの》わかれて作業する。

四衣子はもっちゃんに見守られながらアユに串を打ち、七輪をふたつ用意する。

いい感じに火が熾《おこ》ったところで、塩をぱっぱと振ったアユを火にかける。

ジュウジュウと音を立てて、アユの皮に焼き色がついていく。

料理はできない四衣子だが、魚をおいしく焼くのは得意だった。

途中で、おにぎりが載った盆を持った鳥海がやってくる。

「鳥海様の分の七輪はこちらです」

「ああ、ありがとう」

鳥海は美しい三角形に握ったおにぎりを、七輪の上に置いた網に並べていく。

「あの、鳥海様、お味噌はまだ塗らないのですか？」

「ああ。味噌は焦げやすいから、ある程度焼き色をつけてから塗る」

「なるほど！」

四衣子はアユの串をひっくり返しつつも、味噌握りが作られる様子も横目で見る。

「うっ、なんだか香ばしい匂いがします。まだお味噌を塗っていないのにどうしてなんですか？」

「ご飯に少しだけ醤油を混ぜて握ったからな」

焦げた醤油の香りは、食欲を刺激してくれる。

そのままでもおいしそうなのに、もうひと手間加えるのだ。

表面に焼き色がついたおにぎりに、味噌を塗っていく。

「あとは炙《あぶ》る程度でいい」

表、裏とひっくり返し、焼き色がついたら、シソでおにぎりを巻く。

味噌握りの完成である。同時にアユも焼けた。

「皿を持ってこなければならないな」

「鳥海様、こちらの葉蘭《はらん》をお皿代わりにしてもよいですか？」

ちょうどいい場所に、葉蘭が生えていたのだ。

「それはよく料理に添えられている葉だな」

「はい！」

毒はなく、料理の腐敗を防ぐ作用があると昔から使われていたようだ。

実家の神社にも自生していて、神饌から作った料理を包んで氏子に配っていた。

鳥海が問題ないと言うので、葉を摘んで井戸水で洗って水分を拭う。そこに味噌握りと焼いたアユをおいたら、夕食の完成だ。

もっちゃんには、焼いたしいたけと解したアユを用意した。

「鳥海様、縁側に座っていただきましょう！」

「ここで食べるのか？」

「はい。今日は月と星がきれいな夜ですので」

空にぽっかり浮かんだ月と、輝く星々はうっとりするほど美しい。

「お茶の間のほうがいいですか？」

「いや、ここで食そう」

手と手を合わせ、いただきます。そう口にした四衣子は、まず味噌握りを食べる。

頬張った瞬間に、味噌と醤油の香ばしい匂いが鼻を突き抜けていく。シソのさわやかな風味もすばらしい。表面はカリカリになるまで焼かれていて、食感も楽しめる。

「四衣子、どうだ？」

「鳥海様、とってもおいしいです!!」

「それはよかった」

アユも続けていただく。皮はパリッと、中の身はふっくら焼かれたアユは絶品であった。このアユが、味噌握りと合うのである。

あっという間に、ぺろりと完食してしまった。

「お味噌を塗ったおにぎりがこんなにおいしいなんて、心から感動しました！」

「味噌握りの作り方は簡単だから、自分でも作ってみるといい」

「四衣子にも作れますか？」

「ああ」

鳥海は四衣子に、味噌握りの作り方を伝授してくれた。

「味噌にみりんを加えて、混ぜただけだ。ご飯に入れる醤油は目分量なのだが、おにぎり四つ分に対して、茶匙《ちゃさじ》一杯分くらいだろうか」

濃い味つけは癖になるので控え目にするように、と注意を促す。

そして普通のおにぎりよりもしっかり握るのが、味噌握りを作るときの要点らしい。

「でないと、網の上でひっくり返すさいに、おにぎりが崩れてしまう」

話を聞いていたら、四衣子ひとりでも作れそうだと思った。

「今度、お昼ごはんのときに挑戦してみます」

そういえば、と四衣子は鳥海が作ってくれた弁当について思い出す。

「鳥海様！　お弁当、ありがとうございました。どれもおいしくて、四衣子は感激しました！」

「そ、そうか」

鳥海は四衣子の勢いに圧《お》され、少々体を仰《の》け反《ぞ》らせる。

「もっちゃんも喜んでいました」

『きゅううん！』

改めて、感謝の気持ちを伝える。

「自分のためにやっていた料理が他人を喜ばせる日がやってくるとは、思いもしなかったな」

鳥海にとって料理は、精神集中の時間でもあるらしい。雑念を追いだし、ひとつのことに打ち込む時間は、何物にも代えがたいものだと言う。

「立場上、周囲に人が付くことも多いから、料理をするのはひとりになれる時間の確保にも繋がる」

料理作りは欠かせない習慣であるとともに、鳥海の趣味でもあるようだ。

「お弁当はいつから作っていたのですか？」

「二年くらい前だろうか？」

職場である神祇院では肉料理ばかり毎日でてくるので、鳥海は食べずにいたようだ。するとと部下の中でそれを心配するどころか、鳥海に付き合って昼食を抜く者達も現れてしまった。

これではよくないと思い、弁当を作って食べるようになったという。

「今後も、なるべく四衣子やもっちゃんの分の昼食も用意しよう」

「それはとても嬉しいことなのですが、大変ではないのですか？」

「弁当をひとつ作るのも、みっつ作るのも変わらない」

そんなことはないだろうと四衣子は思ったものの、鳥海の厚意だと思ってそれ以上追求しなかった。

お腹がいっぱいになった鳥海と四衣子は、しばし夜空を見上げる。

会話はなくとも、不思議と気まずくなく、穏やかな夜を過ごしたのだった。

第三章　結婚式を執り行います！

結婚式の準備は着々と進んでおり、今日は見事な白無垢《しろむく》が届けられた。

衣紋掛《えもんか》けに広げられた白無垢は、ため息が出るほどに美しい。

純白の正絹生地《しょうけんきじ》には真珠のような照りがあり、目を凝らすと精緻な鶴の刺繍《ししゅう》が施されている。

手触りもなめらかで、袖を通したらもっと心地よいのだろう。

これを纏って花嫁になるのだが、四衣子はいまいち実感がなかった。

そもそも結婚は上の姉から順番だ、と幼少期から言われていた。

葝原家では長女の一子《いちこ》と次女の二葉《ふたば》のみ結婚していて、四衣子を含むそれより下の姉妹達は婚約者すら見つかっていないという状態だ。

四衣子のふたつ上の姉、三千子《みちこ》は二十歳で、結婚適齢期を通り越していた。本人に危機感はまったくなく、生涯独身でもいいと宣言していたくらいである。

ちなみに妹達の名は、五月《さつき》、六美《むつみ》、七恵《ななえ》である。

三番目以降の娘達の結婚が決まらなかったのは、姉ふたりの結婚費用が想定よりもかかってしまったからだろう。

もしかしたら、天満月家が用意する結納金で、他の姉妹が結婚できるのかもしれない。だとしたら、この結婚は大いに意味があることなのだろう。

そう、四衣子は思う。


今日は鳥海は休日で、街へ買い物に連れていってくれると言う。

もっちゃんも連れていっていいと言われたのだが、首輪と散歩紐に繋がなければならないようだ。

「帝都には〝畜犬規則〟があってな。飼い犬は首輪と散歩紐の装着が義務づけられているのだ」

名札にはもっちゃんという名前と、天満月家の住所が書かれていた。

「ここまでしないと、街で野犬は問答無用に処分される」

狂犬病が流行した影響により、飼い犬の扱いは厳重になった。

役所に登録していない犬の飼育が露見した場合は、罰金があるくらいである。

もっちゃんは犬ではないものの、鳥海のもとに来る前も何度か「なんて犬種?」と聞かれることがあった。街に連れだせば、きっと犬に間違われる。

鳥海はこの先四衣子がもっちゃんを連れ歩くことを想定し、すでにもっちゃんを役所に届け出ていたようだ。

「もっちゃんの名前を尋ねたのは、そのためだったのですね!」

「ああ」

「もっちゃんのために、ありがとうございます!」

感謝の気持ちを伝えると、鳥海はそっぽを向きながら「気にするな」とぶっきらぼうに言葉を返したのだった。

しっかり首輪と散歩紐を装着し、出かけることとなった。

「では、いこうか」

「はい!」

初めての外出に、四衣子の胸は躍っていた。

下町で育った彼女にとって、帝都の中心街にいくのは初めてである。

いうの」

「はあ、どうも」

会話が途切れ、シーンと静まり返る。

「その犬、手足が短くて、とても不細工ね」

「え？」

どこに不細工な犬がいるというのか。犬はどんな姿形をしていてもかわいい。

キョロキョロ辺りを見回すが、犬の姿はどこにもない。

「あの、どちらにいるのですか？」

「あなたが紐を引いている、間抜け面をした犬のことよ!!」

今になって、彼女の言う犬がもっちゃんだと気付いた。

「もっちゃんは世界一なんです！　不細工ではありません！」

「何をおっしゃっているの？　世界一というのは、うちの子みたいな犬を示す言葉なのよ！」

芙美江の犬は金色の毛並みを持ち、すらりと肢が長く、上品な顔立ちをしている。

昔からいる犬とは大きく異なる姿であった。

「それでも、四衣子にとってはもっちゃんが世界一なんです」

芙美江の眉はピンと跳ね上がり、四衣子を睨んでいるように見えた。

あまりにも空気が悪いので、今すぐこの場から去りたい。けれども鳥海を待っている途中なので、ここから離れるわけにはいかなかった。

「ねえあなた、何か思うことはありませんの？」

「き、気まずいな、と」

「は!?」

「気まずいです！」

正直に伝えると、芙美江はさらに怒りの形相となる。

「あなた、鳥海様と結婚するからって、調子に乗らないでくださる!?」

「これっぽっちも乗っていないです!!」

大きな声で返したからか、芙美江はびくりと肩を震わせる。けれどもそれは一瞬のことで、すぐさま手を振り上げる。

四衣子の頰に向かって振り下ろそうとしたものの、四衣子はすぐにその腕を摑んで制した。

「人に対して手を上げるのは、とっても危ないですよ」

「危なくしているのよ！」

「そ、そうだったのですか!」

芙美江は摑まれた手を振り払おうと身じろいでいたものの、びくともしない。毎日十九人分の洗濯物を運んでいた四衣子の腕力に、生粋《きっすい》のお嬢様が敵《かな》うわけがなかったのだ。

四衣子は芙美江から手を離し、質問する。

「それよりも、どうして四衣子のことを知っていたのですか?」

下町育ちで、華族のお嬢様が出入りする場所には一度も足を踏み入れていない。それなのに、芙美江は四衣子だとわかったのだ。

「それは……どうでもいいでしょう?」

「よくないです。とても気になります」

四衣子が一歩前に踏み出すのと、鳥海が店から出てくるのは同時だった。

「きゃあ!」

突然、芙美江が倒れ込む。四衣子は指一本触れていないのに、まるで何かされました、とばかりの視線を鳥海に送っていた。

「ん? どうした?」

「いきなり、四衣子様に突き飛ばされましたの!」

芙美江は瞳をうるうるさせながら、鳥海に訴える。

これはまずい事態になった、と四衣子は冷や汗をかいていた。

相手は侯爵家のご令嬢である。わざと暴力的な行為を働いたと思われたら、大問題になるだろう。内心、四衣子はガクブルと震えた。

「四衣子！」

鳥海に大きな声で呼ばれ、四衣子はハッとする。

正直に話そう。そう思っていたのに、またしても芙美江が口を挟んでくる。

「四衣子様が、わたくしの犬が気に食わないとおっしゃいまして」

「お前には聞いていない」

ぴしゃりと放たれた鳥海の言葉に、芙美江の顔が引きつる。

「私は妻と話をしている。邪魔だから、どこかに行ってくれ」

「なっ──!?」

鳥海は突然、四衣子の頰を優しく撫でる。いったい何事かと身を引いたが、腰に腕を回され、身動きが取れなくなってしまった。

「妻には人形《ひとがた》をつけていた」

そう口にした途端、四衣子の頰の皮が一枚ぺらりと剝げたような感覚に陥る。

ただ、剝げたのは皮膚ではなかった。

鳥海の手のひらには、人の形にくり抜かれた奉書紙があった。そこには美しい文字で〝耳〟と書かれてある。

「妻とご令嬢の会話は聞かせてもらっていた」

芙美江は一気に青ざめ、使用人の手を借りて立ち上がる。

「ご、ごきげんよう」

回れ右をした芙美江は、小走りで去る。なんとも情けない引き際であった。

「四衣子、不快な思いをさせたな」

「まあ、はい……」

「こういうときは嘘でもいいえ、と言うものだ」

「覚えておきます」

ひとまず嵐は去ったのだ。ホッと胸を撫で下ろす。

「あの、お札はいつの間に貼られたのですか？」

「四衣子が馬車でうたた寝をしている間に貼った」

「ぜんぜん気付きませんでした」

馬車の中でうっかり眠っていたおかげで四衣子は助かったのだ。鳥海に感謝する。

「それはそうと、鳥海様、オモチャは買えましたか？」

「ああ、心配するな。直接莇原家に届けるよう頼んでおいたから」

「ありがとうございます」

甥や姪に直接渡せないのは残念だが、きっと喜んでくれるだろう。そう、四衣子は確信していた。

「他に欲しい品はあるか？」

「う――――ん」

「自分で使う品を買ってほしいのだが」

「ない、と言いたいところですが」

「何かあるんだな？」

「はい！　呉服店に立ち寄ってもいいですか？」

「もちろん」

そんなわけで、三軒隣にあった呉服店に向かった。

もっちゃんは入店できないとのことで、御者に引き渡しておく。

呉服店の店内に並んだ棚には、天井辺りまでびっしり反物が積み上げられている。数え切れないくらいの品数を揃えた店であった。

「いらっしゃいませ。ああ、天満月家の鳥海様ではありませんか!」

どうやら鳥海は店主と顔見知りだったらしい。

「お呼びいただけましたら、参上しましたのに」

「いや、今日は妻が買い物をしたいと言ってな」

「ああ、奥方様とご一緒だったのですね」

どういった品が欲しいのか、と聞かれ、四衣子は元気よく答えた。

「鳥海様の着物を仕立てたくて。何かよい反物はありますでしょうか?」

「おやおや! ご主人のために、着物を作られるのですね!」

四衣子が返事をしつつ鳥海を振り返ると、ぽかんと呆気《あっけ》に取られたような顔で見つめてくる。

「四衣子、自分の反物が欲しかったわけではなかったのだな」

「はい。四衣子のお着物はたくさんありますので、鳥海様のために、おうちで着る長着を縫おうと思いまして」

「なぜ、長着なのか?」

「鳥海様はおうちでもピシッとした袴姿ですので、のんびり過ごせる着物がいくつかあってもいいのかな、と考えた次第です!」

着心地がよい楽な恰好で畳の上で寝転がるのは気持ちがいい。けれども、鳥海が普段から着ている服装では、苦しくなってしまうのではないか、と四衣子は考えていたようだ。

「仕上がったら、四衣子やもっちゃんと一緒にごろごろしましょう」

「ごろごろ……」

思いがけない理由だったからか、鳥海は再びぽかんとした顔を見せていた。

鳥海のだらけている様子というのは想像できないが、これからそんな姿を見ることができる環境を四衣子が作ればいいだけなのだろう、と思いついたのだ。

「お裁縫は得意ではないので、あまり期待しないでくださいね」

いくつか鳥海に似合いそうな、肌触りのよい反物を見繕ってもらう。

「これからの季節であれば、小豆色や紫、更紗《さらさ》、雪模様などはいかがですか？」

体に当ててみてもいいというので、四衣子は反物の端をそっと持ち上げ、鳥海の肩にかけてみる。

「うーん」

店主が選んでくれた反物はいまいちピンとこない。

迷いに迷った挙げ句、渋い鈍色《にびいろ》の反物に決めた。

ひとまず一着仕立ててみて、上手《うま》くできたら二着、三着と増やしていこう、と四衣子は計画を立てていた。

手が空いたときに作りたいので、その場で受け取る。風呂敷で反物を丁寧に包んでくれた。

「またのご来店をお待ちしております」

店主は笑顔で見送ってくれた。

店の前に馬車が停《と》まっていて、もっちゃんとの再会を果たす。

「もっちゃん、いい子にしていましたか？」

『きゅううん』

もっちゃんの口にはしいの実の粒が付いていた。どうやら、背負っていたおやつを食べて待っていたようだ。

鳥海が合図を出すと、馬車は走り始める。

「お買い物、楽しかったですね！」

「お前は何も買わなかったではないか」

「そうですけれど、誰かを想いながら品物を選ぶのは初めての経験で、とても愉快でした」

鳥海は呆れたような視線を向けつつ、懐を探る。何か手に取り、四衣子へと差しだした。

それは、銀を彫って作られたタヌキの帯留めである。

「わあ！　もっちゃんの帯留め！　とってもかわいいです」

「四衣子のために呉服店で購入した物だ。受け取れ」

「え!?　いいのですか？」

「ああ」

両手を差しだすと、鳥海はタヌキの帯留めをそっと置いてくれる。

「嬉しいです。大切にしまっておきますね」

「しまわずにどんどん使え」

「でも、なくしてしまいそうで」

「そのときは、また新しい帯留めを買ってやるから」

「うっ、それはちょっと……。な、なくさないように努めます」

四衣子は帯留めを胸に抱き、深々と頭を下げる。

まさか、贈り物を用意してくれていたなんて、四衣子は想像もしていなかったのだ。

「いつ、購入されたのですか？」

「お前が一生懸命私の反物を選んでいる間に」

「ぜんぜん気付いていませんでした」

改めて見てもかわいい。驚くほどもっちゃんにそっくりな意匠である。

「鳥海様、大切にします！」

「ああ」

四衣子に宝物ができた日となった。

◇◇◇

なんだかんだあったが、やっとのことで結婚式当日を迎えた。

結婚式の会場となるのは、天満月家と関係が深い大神宮だ。

天満月家では〝神前式〟と呼ばれている婚礼の儀を神社で挙行する。神前式は一般的に知れ渡っていないものの、天満月家では古来、神に結婚を報告するという方法で行っているようだ。

将来的に御上の結婚も神前式で行う予定で、そのうち結婚式の形として広く知れ渡るようになるのではないか、と鳥海は語っていた。

下町の結婚式と言えば、いつもよりいい着物を着て、広間でどんちゃん騒ぎをするばかりであった。

格式張った式だと聞かされ、四衣子はいつも以上に緊張している。

皆の前で粗相をしないか、それだけが心配であった。

四衣子の家族は、すでに大神宮に集められている。

今回、天満月家も親族以外の者達は招待しなかったようだ。内々で執り行われるささやかな式である。

花嫁の身なりを整えるのは、母親や姉妹の仕事だ。けれども秘密を守らせるためか、四衣子の家族は天満月家に呼ばず、使用人が屋敷で白無垢を着せてくれた。

肌襦袢《はだじゅばん》の上に長襦袢を重ね、掛下《かけした》を合わせて、掛下帯を締め、打ち掛けを羽織る。末広《すえひろ》と呼ばれる扇子や、鏡や白粉《おしろい》などの化粧道具を入れる筥迫《はこせこ》、懐剣《かいけん》などの小物も用意されていた。

懐剣は護身用であるのと同時に、花嫁を災難から守る魔除《まよ》けの意味もある品物だ。

末広は手に持ち、筥迫と懐剣は掛下の懐にそっと差し込まれる。

髪は文金高島田《ぶんきんたかしまだ》の形に結われ、角隠しを被る。それらを覆うように、綿帽子を重ねるのがお決まりだった。

あっという間に、花嫁の身なりが整っていく。

しかしながらその最中、使用人達はずっと気まずげな様子でいた。家族がするはずの仕事を奪ってしまったので、申し訳なく感じているのだろう。

家族にしてもらいたかった、という気持ちはあったものの、事情が事情である。

四衣子は使用人達が気にしないよう、今回は仕方がない話だ、と明るく言った。

「四衣子様……ありがとうございます」

「お手伝いできて嬉しく存じます」

おそらく、四衣子よりも使用人達のほうが育ちがよい娘達なのだろう。

いくら左沢が選び、鳥海が受け入れたとはいえ、庶民の花嫁に仕えるのは納得いかない部分もあるに違いない。それなのに、彼女達は誠心誠意仕えてくれる。

そんな使用人達に、四衣子は深々と頭を下げた。

「みなさん、これからも、四衣子ともっちゃんをよろしくお願いいたします」

もっちゃんも四衣子と一緒に、おじぎをする。その様子に、使用人達には笑みが零れたのだった。

白無垢に身を包むと、四衣子は厳《おごそ》かな気持ちになる。

姿見で確認したときから、自分が自分でないような、不思議な気持ちだった。

そろそろ出発の時間だと声がかかる。玄関には鳥海が待ち構えていた。

美しい銀髪を表は白、裏は赤い奉書紙で作られた元結《もとゆい》で纏めている。

五つ紋付羽織袴を身に纏い、いつも以上にぴたりと体裁が整っていた。

立派な花婿っぷりに、四衣子の口からはほうと熱いため息が零れる。

「四衣子、その姿、よく似合っている」

「ありがとうございます。とってもきれいにしていただきました。鳥海様もとってもすてきです！」

直視できないほどの美しさである。

褒め言葉など朝から百万回は聞いているだろうに、鳥海は顔を背け、少し恥ずかしそうにしていた。

そんな姿を前にしながら、今日、この男性《ひと》と本当に結婚するのか、と思うと四衣子の胸はドキドキと高鳴る。

門の前には六頭の白馬が引く馬車があった。

馬が繫がれた車は普段使っている物とは異なる。豪華客船の船底を模して作られた漆黒の車体には、屋根に金の鳳凰《ほうおう》が輝き、車を覆う金細工には天満月家にとっての祥《しょう》瑞《ずい》の象徴である十二神使の姿が彫られていた。

なんでも婚礼のために数年前から用意されていた儀装馬車らしく、左沢は無駄にならなかったと涙していた。

鳥海の手を借りながら馬車に乗りこむ。

座席に腰かけても安心できない。少し身じろぎしただけで、花嫁衣装に皺が寄ってしまうのではないか、と心配だったのだ。

そんな様子を見せる四衣子に、鳥海が声をかける。

「四衣子、緊張しているな」

「もうガチガチです」

「奇遇だな。私もだ」

その発言を耳にした瞬間、嘘だと思ってしまう。鳥海は普段どおりで、けろりとしているように見えた。

「鳥海様は余裕《よゆう》綽々《しやくしやく》としか思えないのですが」

そんな言葉を返すと、鳥海は四衣子に向かって手を差しだす。

「触ってみろ。氷のように冷たくなっているから」

先ほど手を引いてもらったさいには少し温かい手、という感じだった。

言われたとおり触れてみると、ひんやりとした触り心地に四衣子は驚く。

「つ、冷たくなっています！」

「それは死体を発見したときに口にする台詞《せりふ》だろうが」

なんでも鳥海は幼少期より、過度に緊張すると体温が下がってしまうらしい。

「このように落ち着かない気持ちになったのは、久しぶりだ」

何事においてもどっしり構え、動じない人だと思っていた。

けれども、鳥海にも十九歳の青年らしい部分があるのだと四衣子は新たな一面に気付く。

「鳥海様、もっちゃんを抱いて温まってください」

四衣子はもっちゃんを持ち上げ、鳥海の膝に乗せる。

鳥海は驚き目を丸くしていたが、もっちゃんの温《ぬく》もりに触れると、眉間にあった皺が解ける。

もっちゃんもソワソワ落ち着かない様子を見せていたものの、鳥海が頭を撫でると、心地よさそうに目を細めていた。

「なんだか癒やされるな」

「そうなんです！　もっちゃんは癒やしの化身なのですよ！」

鳥海と話をしているうちに緊張が解れた。四衣子はすっきり晴れ渡るような表情で、大神宮へと下り立ったのだった。


大神宮では神事を司る斎主や巫女《みこ》に迎えられる。ここからすでに、神前式は始まっているらしい。鳥居の前には四衣子の家族がいて、涙が出そうになる。

幼い甥姪は背筋をピンと伸ばし、大人びた様子を見せていた。

ただ、四衣子と目が合うと、ふにゃりと表情が綻びる。かわいらしい笑みを見せてくれた。

久しぶりの家族との再会に、胸が熱くなる。皆、元気そうでよかった、と心から思った。

「四衣子」

「は、はい！」

鳥海から名前を呼ばれ、四衣子はハッとなる。

今は神前式に集中しなければならない。拳をぎゅっと握り、気合いを入れる。

きちんとやれるのか不安になった四衣子に、鳥海は手を差し出してくれた。

そっと乗せた手が、拳を握ったままだったことに気付く。それを見た鳥海が、噴き出して笑った。

「お前、犬のお手じゃないんだから」

そう言いながら四衣子の手を解し、ぎゅっと握ってくれる。

鳥海の楽しそうな様子と、温かな手を感じているうちに、四衣子の不安は消えてなくなった。

巫女が真っ赤な蛇の目傘を広げ、太陽の日差しを遮ってくれる。

用途はそれだけでなく、開いたときにヘビの目に見えることから、魔除けの意味合いもある。

神聖な花嫁や花婿を邪悪な存在《もの》から守る役目があるのだ。

境内には太鼓の音や雅楽の演奏が響き渡っている。

宮司を先頭に、筆頭巫女のあとに新郎新婦、蛇の目傘を持つ巫女を挟んで、親族が続く参進が始まった。

もっちゃんは左沢が抱いていた。式が終わるまで仲良くしていてほしい、と四衣子は願う。

本殿に辿《たど》り着き祭壇の前に立った。親族は用意された席に腰を下ろし、婚儀を見守る。初めに行われるのは〝修祓《しゅうふつ》〟と呼ばれる、禊《みそ》ぎの儀式。

皆が頭を垂れる中、斎主が大幣《おおぬさ》を振り、この場にいる全員の罪穢《つみけがれ》をきれいさっぱり祓った。

続いて献饌《けんせん》——巫女の手により、祭壇に供物が捧げられる。

斎主は大幣を掲げながら、祝詞を奏上した。

初めて夫婦となった二柱、伊弉諾尊《いざなぎのみこと》と伊弉冉尊《いざなみのみこと》に倣い、結婚し、家族となり、世のため人のために尽くすことを誓う。

巫女が三段に重なった真っ赤な盃《さかずき》に神酒《みき》を注ぎ、まずは小盃を新郎が受け取り三口で飲み干す。その盃は新婦に手渡され、神酒が注がれる。同じように三口で飲むのだ。

中盃は新婦、新郎の順で口にし、最後の大盃は新郎から新婦という順番で神酒をいただく。

これは式三献《しきさんこん》と呼ばれる、この国の古い公家《くげ》や武家に伝わる婚礼や式典などで行われる儀式だ。

三杯の盃を交わすことによって強固な縁を結ぶ。

一杯目は滞りなく終わったものの、二杯目の神酒が注がれた瞬間、四衣子はギョッとする。

突然、神酒が黒く染まったのだ。それだけではなく、靄となって四衣子に襲いかかってくる。

「わっ!」

とっさに、四衣子は懐剣で黒い靄を弾き飛ばした。

次に鳥海が腕を伸ばし、靄を握りつぶす。一瞬にして浄化させると、四衣子に問いかける。

「四衣子、ケガはないか?」

「ないです! 鳥海様は?」

「私もなんともない」

「よ、よかったです」

鳥海は優しい表情で頷いてくれたが、それも一瞬のことだった。即座に不動明王みたいな怒りの形相を浮かべ、参列者を振り返って叫んだ。

「誰の仕業だ!?」

シーンと静まり返る。正直に挙手する者なんていなかった。

神前式には親族しか参列していないはずだ。四衣子は家族の顔を確認する。十九人、誰も欠けることなくこの場にいた。

祖父母と両親、姉達は顔を青ざめさせていたが、妹達や甥姪達は何が起きたのかさっぱりわからないようで小首を傾げていた。

鳥海の親族のほうは、四衣子の家族よりも少ない。彼の両親はすでに亡くなってお り、兄弟、姉妹もいなかった。参列しているのは、左沢をはじめとする分家の者達で ある。

「名乗りでないのならば、こちらから炙りだしてやる!」

そう言って鳥海が呪文を口にすると、兎田が現れる。口には水筒を銜えていて、鳥 海へ差しだした。

鳥海が手にした水筒の蓋を開くと、真っ黒い管狐が顔を覗かせる。

「ここにいる管狐は私の花嫁、四衣子を襲撃させる目的で遣わされた存在《もの》だ」

四衣子がまだ天満月家の人間でなかったため、結界が完全に弾き飛ばさなかったの だろうと説明する。

「これからこの管狐を、主人のもとへと戻そうではないか」

鳥海はそう宣言し、首根っこを握っていた管狐を宙に放つ。

すると、まっすぐ飛んでいった。

行き着いた先は、手ぬぐいで顔を隠した女性のもとである。

「な、なんなの!?　わたくしは関係ないわ!!」

ぎゃあぎゃあと騒ぐ女性のもとに、鳥海はずんずん接近し、腕を掴んで立たせる。

そのさいに、手ぬぐいがひらりと落ちた。

露になった顔に、四衣子は見覚えがあった。

思わず指を差しながら、声を上げてしまう。

「あ、あれは、侯爵家のお嬢様、日吉津芙美江様です!!」

「ち、違うわ!!」

明らかに本人でしかないのに、芙美江は袖で顔を隠しながら否定をする。

「四衣子に嫌がらせをしたのも、お前だな？」

「呪いなんて、知らない!!」

「ほう？」

鳥海は黙って芙美江を見つめる。

「な、なんですの？」

「私は嫌がらせと言っただけで、〝呪い〟とは言っていないのだが？」

芙美江はハッとなり、顔を背ける。どうやら犯人は彼女で間違いないようだ。

大神宮を警備していた帝都警察の警吏が駆けつけ、芙美江を拘束する。

「ちょっと、離しなさい！　わたくしは何もしていないんだから！」

暴れる芙美江だったが、あっさり連行されていく。

その様子を、四衣子は呆然としながら見つめるばかりであった。

鳥海は大丈夫なのか。意識を向けると、目が合ってしまう。

「四衣子、すまなかった」

一生に一回の神前式なのに、邪魔が入ってしまった。鳥海はそのことを気にしているのだろう。

「鳥海様は悪くないですよ」

「しかしあの日吉津侯爵の娘は、かつては婚約者候補だった者だ……」

「いえいえ！　ぜんぜん、これっぽっちも関係ないです」

「それもそうだな」

鳥海は目を凝らし、何かを感じているようだった。

「それにしても、日吉津家の娘が呪いや管狐を巧みに操れるとは思えん」

「誰か、手引きしている者がいるってことですか？」

「間違いないだろう」

会った覚えなどない芙美江が四衣子の顔を知っていたのも、誰かに依頼し、絵姿を入手していたのだろう。ゾッとするような話だ。

四衣子は首をぶんぶんと振って気持ちを切り替える。

今は神前式に集中しなければならない。鳥海も話は終わりだ、とばかりに四衣子の肩をポンと叩いた。

鳥海は他にケガ人がいないことを確認してから、式を再開するよう斎主に頼む。

微妙な空気感の中、式三献が再開された。

先ほどは妨害が入ったため、一杯目からやり直すらしい。

注がれた神酒は澄んだ色合いをしていたので、ホッと胸を撫で下ろす。

四衣子は内心「おいしくない」と思いつつ、頑張って酒を飲み干した。

式三献が終わると、四衣子は顔がぽかぽかと熱を帯びているように感じる。

きっと真っ赤な顔をしているだろう、と心の中で自覚していた。末広で顔を扇ぎたい衝動に駆られるも、奥歯をぎゅっと噛みしめて我慢した。

その一方、鳥海は酒が得意なのか、平然としている。顔色にも変わりはなかった。

これで神前式は終わりではない。まだ大仕事が残っているのだ。

新郎新婦が揃って一歩前に出て、生涯夫婦であることを宣言する誓詞《せいし》を奏上する。

四衣子は何度も練習した言葉を、間違えずに読み上げることができた。

雅楽の演奏と共に巫女舞が奉納されたあとは、結婚への願いが込められた玉串を捧げる。その後、親族達が盃を交わし、祭壇の神饌が下げられた。

斎主が神に一礼すると、ようやく神前式は終了となる。

四衣子は肩の荷が下りたからか、は――――と盛大なため息を零した。

そのあとは大神宮から御会食処《ごかいしょくどころ》に移動し、披露宴が執り行われる。

当初は神前式だけすると言っていたのに、家族と一言二言会話する時間も必要だろうと鳥海が左沢を説得し、実現したようだ。

披露宴では装いを改め、四衣子は華やかな色打掛、鳥海は色紋付羽織袴姿に着替えた。

会場となる御会食処は畳の広い部屋で、人数分の膳が用意されている。

ごちそうが次々と運ばれており、四衣子の家族は緊張する者と食事を喜ぶ者にきっぱり分かれていた。

左沢の音頭で披露宴が始まる。好き好きに料理を食べるよう勧められた。

四衣子の目の前にも、ごちそうが並んでいる。

紅白なますに、はまぐりのお吸い物、若狭《わかさ》甘鯛の塩焼き、車海老《くるまえび》と栗の炊き合わせ、赤貝の酢の物、烏賊《いか》のシソ巻き、赤飯と、食べきれないくらいの料理が用意されていた。

ただ、四衣子はごちそうを前にしながらも、手を付けないでいた。

高価な着物を汚す可能性があるし、思う存分食べたら口紅が落ちてしまうだろう。

普段、食欲旺盛であるものの、今日ばかりは遠慮しなければ。鳥海は四衣子が料理に手を付けていないのに気付くと、心配するように顔を覗き込んできた。

「どうした？　具合でも悪いのか？」

「いいえ、違います。着物を汚してしまわないか、心配で食べないだけです」

「だったら、食べさせてやろうか？」

親族の前でそのようなことをするなんて、恥ずかしくないのか？

四衣子は声なき声で話しかける。

口をパクパクしていただけだったが、鳥海は何を言いたいのかわかったようだ。

「冗談だ」

こういう軽口を彼が言うのは初めてではないのか。四衣子は信じがたい気持ちになる。聞き違いかと思うくらいであった。

「なんだ、その目は？」

「鳥海様も冗談をおっしゃるのだな、と思いまして」

「悪いか？」

「いいえ、悪くありません。なんだか親しみを抱きました」

「そうか？　だったら、一日に数回言ってみようか」

「それは困ります」

鳥海は朗らかに笑う。神前式では恐ろしい表情で怒りを露にしていた鳥海だったが、やわらかい表情を見せてくれた。よかった、と四衣子は思う。

何を思ったのか、鳥海が左沢に目配せをした。すると、彼は四衣子の両親のもとへ向かう。

何やら言葉を交わしたあと、四衣子の両親がやってきた。

「鳥海様、いいのですか？」

「私が隣で会話を聞いている状態で構わなければ、だがな」

「ありがとうございます！」

四衣子は両親を前にした途端に、抱きついてしまった。

「お父さん、お母さん!!」

両親は四衣子を優しく抱き返し、涙を流す。

「天満月家の当主と結婚すると聞いて、驚いたぞ」

「まさか突然決めてしまうなんて」

「ごめんなさい。でも、四衣子は今、とても幸せだから」

美しい着物においしいごはん、暖かい布団に屋敷——四衣子は毎日満たされた中で生活を営んでいる。だから心配なんてしないでほしい。そんな言葉を伝えた。

「達者で暮らすんだぞ」

「迷惑をかけないようにね」

「はい！」

続いて祖父母がやってくる。祖母は今日まで大変だった、と少し疲れた表情で話していた。

なんでも四衣子の祖父と父は、天満月家との結婚に最後まで大反対だったらしい。物置から葝原家に伝わる神刀を持ちだし、天満月家に戦いに行くとまで宣言するくらいだったと言う。

「最終的にそこの鳥海様がおいでになって、深々と頭を下げてくださったの」

「鳥海様はそこまでしていたのですか⁉」

驚愕しつつ、四衣子は鳥海を振り返る。

「大切な葝原家の娘を娶るのだ。これくらいしないと、四衣子のことを任せてくれないだろう」

「鳥海様……！」

うるうるしていたら、家族に心配されるぞと耳元で囁かれる。四衣子はこくりと頷き、なんとか涙を引っ込めようと努力したのだった。

四衣子の姉や妹、義兄や甥姪、と家族全員と言葉を交わす。天満月家から支援を受けたあとだったので、皆、結婚には賛成しているようだった。

ただ、気になる話を姉、一子から聞いてしまう。

なんでも近所に住んでいた金物店の次男である銑太郎《せんたろう》が四衣子を訪ねて、突然やってきたらしい。

四衣子は余所の家に嫁いだと説明すると、父と話がしたいと強く訴えたようだ。

遠くから話を耳にしていたら、「取り返す」だの「許せない」だの、不穏な言葉が聞こえてきたらしい。

彼に何か借りていたか聞かれたが、まったく心当たりがなかった。

先ほど四衣子の父と話したときも、それには触れてこなかった。

どうせ彼が何か勘違いしていて、父にまで話を聞きにいったに違いない。そう、四衣子は決めつけた。

隣で聞き耳を立てていた鳥海は、彼について何か引っかかりを覚えたようだ。

「四衣子、その男は幼馴染《おさななじ》みなのか?」

「いいえ、ただの顔見知りです!」

顔を合わせるたびにいじわるをしてきたのだ、と被害を訴えると、鳥海の表情はだんだんと険しくなる。

「それは許せないな。次に顔を合わせる機会があれば、私に教えてくれ。報復をしてやるから」

「いやいや、大丈夫です。過去のことですし」

「時間など関係ない。何年、何十年と経っても、四衣子がいやだった、という記憶はなくならないからな」

「鳥海様……」

気持ちは嬉しいが、やはり仕返しするのはよくない。そこから恨まれ、さらに被害が大きくなったら、と考えただけで四衣子は恐ろしくなる。

「これからの人生は、楽しいものばかりにしたいんです。暴力的な行為や、誰かの心が傷つくところは見たくありません。だから鳥海様、報復なんて考えずに、これから四衣子を幸せにしてください」

鳥海は腕組みし、天井を仰ぐ。

「お願いしますね!」

重ねて頼みこむと、鳥海は「わかった」と納得し、頷いてくれた。

「それはそうと、四衣子の実家と鳥海様のおうちは犬猿の仲だったのに、意外と和やかですね」

「それは、努力をしたからな」

天満月家と莇原家の不仲の原因であった、魑魅魍魎に対する意識の違いに関しても、きちんと話し合ったらしい。

「ひとまず莇原家に持ち込まれた問題は、すべて天満月家に回してもらい、我々が介入して解決することにした」

これまでどおり報酬は莇原家が受け取ってよいものとし、さらに、天満月家からも協力金を支払うと言う。

「鳥海様、よろしいのですか?」

「ああ」

もとより下町の住人達が依頼する事件の報酬は、野菜や魚などの食品が中心である。金品のやりとりなどはほとんどされていない。そのため天満月家としては、受け取らずとも問題はないのだろう。

ただ、このような厄介事を引き受けても、天満月家に得はない。四衣子はなんだか申し訳なくなってしまう。

「四衣子は何もわかっていない。私は今、とっておきの得を手にしている」

そう言って、四衣子の手を掬《すく》うように手に取り、優しく握ってくれた。

「四衣子、お前のことだ」

「ど、どこが得だというのですか!?」

「自分自身の価値を、自覚していないようだな」

鳥海は誰もがうっとり見とれるような美しい微笑みを浮かべる。

手を握られた状態で、甘い顔を向けられた四衣子は、平静ではいられない。

「いろいろあるが、一番は灯りが灯った家で出迎えてくれることだろうか？」

「そ、そんなの、当たり前です」

「その当たり前を、私は何年も見ていなかったんだ」

真っ暗な家に帰ることの不安を、四衣子は知らない。いつだって、家に帰れば誰かが灯りを灯していたから。

鳥海は両親が亡くなってからというもの、使用人を遠ざけ、ひとり暗い家に帰っていた。

最初は寂しい気持ちになっていたものの、いつしか感覚が麻痺《まひ》し、何も思わなくなっていたようだ。

「久しぶりに、灯りが点いた家を見て、心の中に欠けていたものを思い出したんだ。四衣子、ありがとう。お前のおかげで、最近は家に帰るのが、楽しみになっている」

人はひとりで生きていけない。絶対に他人の存在が必要なのだ。それに鳥海は気付いたと言う。

「四衣子のおかげだ」

「そのように評価していただいていたとは、夢にも思っていませんでした」

鳥海と四衣子の結婚は、初めは秘密を守るためだった。

きっと、鳥海は本意ではない。嫌々《いやいや》結婚するのだと四衣子は決めつけていた。

だから彼の言葉はとても喜ばしく、涙がでそうになってしまう。

「四衣子、なぜ変な顔をしているのだ?」

「鳥海様のお言葉が嬉しくて、泣きそうなんです。でも泣いてしまったら、化粧が崩れてしまうので」

「泣けばいい。そのために、花嫁は筥迫を持ち歩いているのだろう?」

「そ、そうでしたー!」

気付いた途端、四衣子は大粒の涙を流してしまう。
それは悲しみの涙ではなく、喜びの涙であった。

第四章　悪事を暴きます!

神前式と披露宴は滞りなく終了し、左沢はホッと安堵しているようだった。

四衣子は花嫁衣装から解放され、寝間着姿になると畳の上に転がってしまう。

もっちゃんも一日中左沢といて、緊張していたのだろう。疲れた様子で『きゅうん』と鳴いていた。

これで花嫁としての務めは終わりだ――なんて思っていたものの、最後に大切な儀式があるのを思い出した。

「今夜は初夜でした!」

一応、今日を迎えるにあたって、使用人から作法を習っていた。

果たして上手くやれるのか、四衣子は心配だった。

「でも、もっちゃん、頑張るしかないですよね」

『きゅううん』

四衣子は正式に天満月家の花嫁となった。これまでのように、何もしない晩を過ごすわけにはいかない。

初夜について考えただけで、落ち着かない気持ちになる。

このままではいけない。

そう思った四衣子は、着替えでもしたら気分が変わるのか、と考える。すぐに行動に移した。

選んだのは着慣れた袴である。パリッと糊《のり》が効いている袴を穿《は》くと、神社で働いていた頃の気持ちが甦ってくる。

なんだか神聖な気持ちになるので、不思議なものだと感じていた。

背筋をピンと伸ばし、正座をして精神統一をしているところに、鳥海の部下である神官がやってきた。

「四衣子様、大変です！　鳥海様が九尾狐の姿になってしまいました！」

「な、なんですと――!?」

すでに部屋を飛び出してしまったらしい。左沢や他の神官が追いかけているという。

どうやら、初夜を行っている暇はないようだ。

「もっちゃん、行きましょう!」

『きゅうん』

着替えていてよかった、と四衣子は思う。寝間着姿のままだったら、出発も遅れていただろう。

すでに鳥海は屋敷の敷地内にはいないという。玄関から門に向かうまで、神官が倒れていた。九尾狐の幻術にやられてしまったのだろう。

このまま走っても、きっと追いつけない。四衣子は神官を振り返り、馬を用意するよう頼みこむ。

しかしながら、想定外の言葉が返ってきた。

「こちらには、馬車を引く馬しかおりません。馬車をすぐにご用意します」

馬を馬車に繋いで、御者を捜しているうちに、九尾狐を見失ってしまうだろう。ならば、走って追いかけるほうが早い。そう返そうとしたら、思いがけない方向から声が聞こえた。

『馬だったら、ここにいるよーん』

脱力するような、のんきな声が夜闇の中に響き渡る。

声がしたほうを向くと、そこには美しい白馬がいた。

「あ、あなたは？」

『十二神使の一柱、馬大頭《おにゃんま》だよーん』

「ど、どうも」

四衣子です、と頭を下げると、同じように会釈を返してくれた。

『君は、鳥海様の伴侶なのかなーん？』

「そ、そうですよーん」

ついつい口調がつられてしまう。四衣子は自分自身の発言に笑ってしまいそうになったものの、唇を噛んで耐えた。

四衣子は馬大頭になぜ突然現れたのかと問いかけると、いなくなった九尾狐を追いかける手伝いをしてくれると言う。

「いいのですか？」

『もちろん、いいよーん』

馬大頭は前肢の膝を地面につけ、頭《こうべ》を垂れて乗りやすい体勢を取ってくれる。

四衣子は馬に跨《また》がるのは、幼少期に農耕馬の背中に乗せてもらった日以来であった。

さらに馬大頭には鞍《くら》が装着されていない。上手く跨がれるものか不安であった。

ただ、戸惑っている時間はなかった。鳥海の体を乗っ取り、屋敷を飛び出していった九尾狐を、一刻も早く捕獲しなければならない。

傍にいた神官にもっちゃんを託す。慣れない馬上かつ、暗闇の中を追跡しなければならないので、連れていくわけにはいかなかった。

「もっちゃん、九尾狐を捕まえてきますので、待っていてくださいね！」

『きゅうん！』

四衣子は馬大頭の背中にひと息で跨がり、しっかりたてがみを摑んでから、きりりと前を向く。

「やんまさん、お願いします！」

『任せるんだよーん』

馬大頭が立ち上がると、視界が高くなる。

『いっくよーん』

「わっ！」

馬大頭はだんだん加速するのではなく、一歩目から風のように駆けていく。とてつもない速さで走っているものの、鳥海の姿や気配などまったくない。

『ご当主、どこにいるんだよーん』

このままやみくもに駆け回っているだけでは、時間の無駄だろう。

十二神使は普段、鳥海と結ばれた契約を通して、居場所がわかるらしい。

けれども九尾狐に体が乗っ取られた瞬間から、繋がりが途絶えてしまうようだ。

「九尾狐はいったいどこにいるのでしょうか……」

以前、九尾狐と四衣子が邂逅《かいこう》を果たしたのは、下町にある花街だった。

そこでふと思い出す。

あのとき九尾狐はキョロキョロと周囲を見回し、何かを捜しているように見えた。

もしかしたら、前回同様に花街に向かったのかもしれない。すぐに馬大頭に伝える。

「やんまさん、九尾狐がいるのは、下町にある花街かもしれません！」

『わかった。今から向かうよーん』

腿《もも》に力を入れて、振り落とされないようにする。

馬大頭は加速したのちに大きく跳躍し、帝都の空を飛んでいく。

「ひゃあ！」

『舌を噛んでしまうから、奥歯を噛みしめておくんだよーん』

「は、はい」

急下降したかと思えば、すとんと下り立つ。

警戒していたものの、大きな衝撃を感じない着地である。

周囲の景色は一変した。夜でも灯りが煌々と照らされる眠らない花街。

多くの人々が行き交い、楽しげというよりは、少し妖しい雰囲気だ。四衣子は馬大頭から飛び下りると、人の気配がない場所で待っているように頼みこむ。

『ひとりで大丈夫なのーん?』

「が、頑張りますよーん」

正直、上手くやれるか心配であった。けれども今、九尾狐を止められるのは四衣子しかいない。もっちゃんが傍についていないだけで、これほど不安になるのだな、と四衣子は思ってしまう。

もっちゃんを風呂敷に包んで、背負ってくればよかった、と今さらながら後悔した。

不安が顔に出ていたのか、馬大頭が応援してくれる。

『四衣子様はできる子だよーん』

「そ、そう!　四衣子はできる子!」

頬をバチンと叩いて気合いを入れてから、四衣子は花街にいるであろう九尾狐の捜索を始める。

まずは様子を覗《うかが》う。その辺で眠る酔っ払いやしつこい客引き、優雅に歩く芸妓《げいぎ》など、花街の様子はいつもと変わらない。

慎重に進んでいると、店から怒鳴り声が聞こえてギョッとする。

「なんだあ、お前は、妙ちきりんな姿をしやがって!!」

奇妙な様子を見て、激昂する酔っ払いの声だった。

普段であれば足早に通り過ぎるのだが、今日ばかりは聞き逃すことはできない。

声がするほうに視線を向けると、窓に三角形の耳を生やしたような影がはっきり見えていた。

九尾狐で間違いない。

どうにかして止めたほうがいいだろう。ただ、夫婦揃って店に不法侵入するのはどうなのか。

周囲をキョロキョロ見回していたら、穴が開いたバケツを発見した。これで変装をしようと思い立ち、頭から被る。

「これでよし、っと」

頭にバケツを被った四衣子は、窓を開いて店内に侵入した。

「それ以上近付いたら、頭をかち割る――うわあ!!」

「お邪魔しまーす!」

突然、これまた妙ちきりんな女が窓から入ってきたので、男は驚愕したようだ。

「お、お前、何者だ!?」

「名乗るほどの者ではありません!!」

「その台詞、不審人物が自ら言う言葉じゃねえぞ!」

たしかに、物語のお決まりでは、英雄的立場の者が口にするものかもしれない。的確な指摘に、四衣子は思わず頷いてしまう。

男は四十前後で、頭を覆うように手ぬぐいを巻き、無精髭《ぶしょうひげ》に乱れた着流し姿と、いかにも無頼漢といった出《い》で立《た》ちだった。

ケンカは日常茶飯事なのか額には包帯が巻かれ、頬には瘡蓋《かさぶた》ができたばかりの十字傷がある。さらに左腕を布で吊《つ》っているのは、骨折でもしているのだろうか。なかなかの重傷っぷりで、こんなところで遊んでいる場合ではないのでは? と四衣子は他人事ながら思ってしまった。

その一方、九尾狐のほうを振り返ると、四衣子になんて目もくれない。男しか見えていないようだ。

ぐるぐると獣のように唸り、今にも飛びかかりそうな様子でいる。

四衣子は男と九尾狐の間に割って入り、仲裁を始めた。

「あ、あの、私達、劇団員でして、どうやら落ち合うお店を間違ったようです」

「なんだと⁉」

「落ち合うお店を間違えました！」

「聞き返したんじゃねえよ！　何をバカげたことを言ってんだ、って聞いたんだ！」

「察しが悪く、申し訳ありません」

今度は九尾狐を振り返り、話しかけてみる。

「というわけで、社長！　おうちに帰りませんか？」

行きつけの店で客全員に「社長！」と呼びかけ、気持ちのよい接客をしてくれる干物店がある。それの真似をして九尾狐に向かって「社長」と呼んでみた。

効果はないようで、九尾狐は四衣子をどかそうと腕を伸ばした。

その手を掴み、四衣子は九尾狐を背負い投げする。

九尾狐はくるりときれいに一回転し、畳の上に叩きつけられた。

「言うことを聞かない子は、〝お尻尾編み編みの刑〟です‼」

うつ伏せになった九尾狐に馬乗りになり、九本もある尻尾をどんどん編みこんでいく。背後から「俺は何を見せられているんだ？」という男の声が聞こえたが、四衣子は忙しかったので無視をした。

ジタバタと暴れていた九尾狐だったが、しだいに大人しくなる。最終的にぐったりと脱力し、耳や尻尾が消える。どうやら体を鳥海に返したようだ。

ホッとしたのも束の間《つかま》のこと。姿を変えた鳥海を見られてしまったのではないか。そう思って男を振り返ったが、誰もいなかった。

四衣子が一生懸命九尾狐と戦っているうちに、帰ってしまったのだろう。

遠慮がちに襖が開かれ、女性が顔を覗かせる。

「あのお、お代をいただきたいのですが」

先ほどの男は、四衣子と鳥海に支払いを押しつけたようだ。

なんてずる賢い男なのか。ぷんぷん怒りつつも、四衣子は意識のない鳥海の懐を探る。予想通り財布が入っていたので、そこから代金を支払った。

請求されたのは、十圓ほど。大学を卒業した人の初任給と同じくらいの金額を一晩にして飲み食いしていたようだ。

どうして見ず知らずの男の飲食代を払わなければならないのか。絶対に見つけて、取り返してやる。と、四衣子は闘志に燃えていた。

そうこうしているうちに、天満月家の者達がかけつける。今日は黒尽《くろず》くめの恰好ではなく、花街によくいる客みたいな着物姿であった。

意識のない鳥海を運び出したあと、最後に左沢が現れる。四衣子を見てギョッとした顔を見せていたのだが、頭に被っていた穴あきのバケツを取ると安堵した表情を浮かべる。

「左沢さん、今日も早かったですね」

「はい。ご当主を捜索するための人形を放って、それを追いかけるだけですので」

九尾狐のときは使えないものの、鳥海であれば神通力を辿って追跡できるようだ。

だから以前駆けつけたさいも早かったのか、と突然現れた理由に合点がいく。

「今回も気を失っていたようで、申し訳ありません」

「大丈夫です！」

「ここへはどうやっていらしたのですか？」

「十二神使のやんまさんに乗せてきてもらいました」

「おや、馬大頭にですか？　それはすばらしいですね」

なんでも馬大頭はああ見えて頑固なところがあり、契約を交わした当主以外背中に跨がることを許さないらしい。

「おそらく、歴代のご当主以外で、初めて背中に跨がったのでは？」

「おお……！」

帰りも馬大頭を待たせてあるので、そのまま撤収していいと伝えておく。

「はい、承知いたしました。それでは、ご当主は馬車で連れて帰りますので、お屋敷で会いましょう」

「はーい」

皆がいなくなった部屋で、四衣子は畳の上に落ちているブリキ缶に気付く。

食い逃げした男の忘れ物だろうか。

拾い上げようと手を伸ばしたが、ぞくりと鳥肌が立った。

四衣子の実家である神社にたまに持ち込まれていた、呪われた物と同じような禍々《まがまが》しさを発していたのだ。

そのまま触るのはよくない。瞬時に判断した四衣子は、手巾越しにブリキ缶を掴む。

店員の手にも直接触れないよう、手巾で包んでおいた。

店から出るさいに、男の忘れ物だと手渡そうとした。しかしながら、知り合いなら渡してくれないか、と頼まれてしまう。

なんでもこの店は紹介状がないと入れないのだが、無理矢理押し入ってきたらしい。

どこの誰かもわからない、厄介な客だったと言う。

「いや、でも、本当に知らない人でして」

「またまた」

十圓も代わりに払っておいて、知り合いでないという主張は受け入れてもらえなかった。

結局、四衣子は怪しいブリキ缶をしぶしぶ持ち帰ることになったのだった。

翌日、目覚めた鳥海のもとへ、昨晩のブリキ缶を持っていった。

手に取った鳥海は、すぐさまハッとなる。

「四衣子、これは極めてよくない物だ」

「やっぱりそうですよねえ」

天満月家に持って入れるか心配だったものの、結界に弾かれることはなかった。なんでも内部の者が悪い品だとわかっていて持ち運ぶのは問題ないらしい。

「四衣子、少し離れていてくれ」

「了解です」

いったい何をするのか。四衣子はもっちゃんを抱き上げ、少し離れる。

鳥海がブリキ缶を包んでいた手巾を外し、直接手に取った。

ブリキ缶の底を見た途端、眉間に皺が寄る。

「これは――!」

「どうかしたのですか?」

「以前、四衣子宛てに届いた呪いがかけられたいくつもの贈り物に刻まれていた、呪文の書き方にそっくりだ」

証拠として保管しているらしく、鳥海は左沢に持ってくるように頼んだ。

照合してみると、字の癖などが一致したようだ。

「これらの呪いを解析したのだが、額の殴打に頬の十字傷、腕の骨折、ドブというドブに嵌《は》まるなど――」

「ひ、酷《ひど》い呪いばかりです」

「ただ四衣子が呪いを破壊したので、すべて本人に返っているはずだ」

「そ、そういえば、昨日の男性は額に包帯があって、頬に十字傷を負い、腕は骨折しているのか布で吊っていました!」

人を呪わば穴ふたつ――まさに自業自得というわけだ。

「ブリキ缶の持ち主と、四衣子を呪ったのは同じ呪禁師《じゅごんし》で間違いない」

「呪禁師、ですか?」

初めて聞く言葉に、四衣子は小首を傾げる。

「呪禁師というのは、典薬寮《てんやくりょう》と呼ばれる朝廷の部署で、病に関する呪術と呪殺を行っていた者達だ」

「陰陽師が属する、陰陽寮みたいなところで働いていたのですか？」

「ああ、そうだ」

陰陽師は天体や気象を精密に調べたり、暦を作ったり、時刻を測定したり、と理論に基づく調査を行って整理し、書物に認《したた》めるのがかつての専門的な仕事だった。

「お恥ずかしながら、典薬寮という部署があったなんて、初めて知りました」

「それも無理はないだろう。典薬寮の呪術部門は千年前に廃止され、陰陽寮が引き継いだのだからな」

なぜ廃止になったのかというと、呪禁師が使う蠱毒《こどく》や魘魅《えんみ》があまりにも邪悪で、不気味だったからだと噂されていたようだ。

「魘魅は実家の神社にも、たまに相談がありました。呪いの藁人形《わらにんぎょう》とかですよね？」

鳥海は腕を組み、険しい表情で頷く。

「人の感情から恨みが消えない限り、呪禁道はなくならないのだろう」

「恐ろしい話です」

真犯人が呪禁師だと判明してスッキリしたものの、例の男は見ず知らずの人物であった。呪われるような心当たりなんてまったくない。

「どうしてあの人が、四衣子を標的にしていたのですか？」

「日吉津芙美江と繋がっていたのだろう」

「あ!!」

そうだった、と四衣子は思い出す。

芙美江が管狐を扱えるわけがない、誰かの手を借りた犯行だったのだろう、というのは結婚式の日に推測していたのだ。

「花街に行ったら、あの人を見つけることができるのでしょうか？」

あの男は店の常連ではないようだった。おそらく待ち構えていても、かならずやってくるとは限らないだろう。

「地道に花街を調査するしかないのでしょうか？」

「いや、そのようなことをせずとも、こいつで捜せる」

そう言って、鳥海はブリキ缶を左右に振った。すると、中からゴソゴソと物音が聞こえ、四衣子はひっ！　と悲鳴を上げる。

鳥海がブリキ缶を開くと、中から黄金に輝く蚕《かいこ》に似た蟲《むし》が顔を覗かせる。

蚕は逃げようとしたものの、鳥海が素早くブリキ缶を閉めて閉じ込めた。

「な、なんですか、それは!?」

「蠱毒で作られた金蚕蠱《きんさんこ》だろうな」

「ひえええ!」

蠱毒というのは毒蛇や毒虫などを壺や甕《かめ》の中に封じ、飢えさせる状況を作り出して共食いさせ、最後に生き残った蠱を使い、対象を呪う邪悪な呪術である。

「これを外に放てば、主人のもとへ戻るだろう」

呪禁師と蠱の繋がりは強く、切っても切れないものらしい。この金蚕蠱はかならず男のもとへ飛んでいくだろう、と鳥海は断言した。

「準備をしてから、作戦を実行しよう」

「はい」

四衣子は実家から送られてきた私物入れの中から、巫女装束を手に取る。

呪禁師と決着をつけるための、戦闘服でもあった。

もっちゃんには紙垂《しで》を結んだしめ縄を巻いておく。

しめ縄には邪悪な存在《もの》を追い払う効果があるので、念のためもっちゃんに装着させたのだ。

身なりが整った四衣子は、玄関に向かう。そこにはすでに神官常装を纏った鳥海の姿があった。

「四衣子、背中に札を貼らせてもらう」

「はい、お願いします」

それは人目を避ける、姿隠しの護符である。

ふたりしてこのような恰好をしていたら、街中で目立ってしまうので、鳥海はあらかじめ対策を打っておくようだ。

外に出ると、十二神使の一柱、馬大頭が待ち構えていた。

今日は立派な馬具が装着されている。もっちゃんを入れる革袋もぶら下がっていた。真っ赤な手綱や鞍を着けていると、まるで神馬《しんめ》のような雰囲気だ、と四衣子は思った。

「やんまさんだ！」

『はーい！』

四衣子が鼻先を撫でてやると、馬大頭は目を細めて心地よさそうにする。

「なんだ、すでに知り合っていたのか？」

「昨日、九尾狐を追いかけるときに、背中に乗せてもらいました」

「そうだったのか」

鳥海が感謝の気持ちを伝えると、馬大頭は尻尾を高く振って喜ぶような仕草を見せていた。

先に鳥海が跨がり、もっちゃんを革袋の中へと入れる。続けて四衣子へも手を差し伸べてくれた。

鳥海の手を握った四衣子は、鐙《あぶみ》を思いっきり踏んで馬上の人となる。

「行こうか」

「はい」

ブリキ缶を鳥海が開くと、金蚕蟲が飛び出す。

「馬大頭、金色の蟲を追跡しろ」

『わかったよーん』

馬大頭が大地を強く蹴り上げると、そのまま空高く飛んで行く。空を駆け、金蚕蟲を追いかけた。

行き着いた先は、朽ちかけた粗末な家の前であった。

周囲に民家はなく、竹林に囲まれるようにぽつんと一軒だけ存在している。

その家の中に、金蚕蟲は入っていった。

「あそこで間違いないようだな」

「そうみたいですね」

地上へ下り立ち、慎重な足取りで近付く。

家の外に竹筒が転がっていて、そこに呪文が書かれている。

「これは管狐を捕まえるための竹筒だな」

続けて連子窓《れんじまど》を覗き込むと、昨晩の男がいびきをかいて眠っていた。

「えっ!?」

「どうした?」

「あ、あの、男性の頭に……」

「なんだ?」

寝転がる男の頭上に、触角が生えていた。

「なんだ、あれは?」

「たぶん、げじげじの触角です!」

「どうしてげじげじだとわかった?」

「天満月家に届いたお祝いの品の中に、四衣子をげじげじにする呪いが付与されたものがあったんです!」

四衣子をげじげじにする呪いも、かけた本人にしっかり返っていたらしい。

昨日出会ったさい、頭に手ぬぐいを巻いていたのは、げじげじの触角を隠すためだったようだ。

そんな男の鼻先に、金蚕蠱が止まっている。

室内には大量の壺があり、干したヘビやトカゲがぶら下がっている不気味な部屋だった。

「さて、どう料理しようか？」

「ぎったぎったにしましょう」

そう言ったあと、鳥海がピンとこないような表情で四衣子を見つめる。

「な、なんですか？」

「四衣子、ぎったぎったにするというのは、どういう意味だ」

どうやら、天満月家のお坊ちゃんが習わないような物騒な言葉だったらしい。

教えていいものか迷ったものの、四衣子は意味を伝える。

「殴って叩きのめすという、上品ではない表現です」

遠慮がちに説明すると、鳥海は口角を上げてにやりと笑った。

「ふむ、よい案だ。あの男をぎったぎったにしてやろう」

鳥海は壊れかけていた扉を蹴破る。すると、音に驚いた男が飛び起きた。

「な、何事だ!?」

男には鳥海と四衣子の姿が見えていないので、余計に不気味に思ったのだろう。背中に貼り付けていた護符を剥がして姿を現す。

「な、なんだ、お前らは!?」

「お前の悪事を暴きにきた者だ」

「あと、花街で食い逃げした十圓を返してください！」

男は「くそ!!」と叫んで近くにあった壺を蹴り飛ばす。すると、中からヘビやトカゲ、ハチなどの蟲が飛び出してきた。

「四衣子、私より前にでるなよ」

そう注意した鳥海は、懐から柏《かしわ》の葉に包まれた木札を取りだし、迫りくる蟲を叩き落としていく。

蟲はひっくり返って動かなくなった。

あれは蟲封じに使う神符《しんぷ》だ、と四衣子は気付く。

悪い蟲に対抗するのは、神官の得意とする仕事のひとつだった。

男が次々と壺を倒して逃げようとしたので、四衣子はもっちゃんを抱き上げてあとを追う。

「おい、四衣子！　待て！」

鳥海よりも前にでたら蟲に襲われる。

けれども四衣子には、邪悪な存在を祓う力を持つしめ縄を巻いたもっちゃんがいた。

襲いかかってくる蟲は、もっちゃんがひと鳴きすると弾かれたように飛んでいく。

勝手口の戸に手をかけた男の肩を摑んで叫んだ。

「逃がすものですか！」

「何をする!?」

「それはこっちの台詞です！　人を呪ったり、管狐をけしかけたりするのは、悪いことなんですよ！」

四衣子は男の足を払い、転倒させた。

「こいつ!!」

男は手に握っていた金蚕蟲を四衣子に投げつけた。

至近距離だったので避けきれない。

ぎゅっと奥歯を噛みしめた瞬間、鳥海がやってきて神符で金蚕蟲を払ったあと、手で摑む。

そのまま男の口へ放り込み、口を塞いだ。

「む、ぐぐぐぐ!!　ううううう!!」

蠱毒によって育てられた蟲は、人を殺すような猛毒を持つ。

男が吐きだしたそれを、鳥海は足で踏んだ。

「お、お前――!!」

「呪禁師よ、お前はどうしてそのような愚かな行為を働く?」

「生きるために決まっているだろうが!!　大昔は呪禁師だって陰陽師のように尊敬される仕事だったんだ!!　ばかげた奴らが妬んだせいで、立場を失ってしまった!!」

どうやら男は、蠱毒や魘魅を使って日銭を稼ぐことを悪だと思っていないらしい。

周囲の者達の嫉妬を買った結果、当時の朝廷を追われたのだと信じて疑わないようだ。

「おい、神官!　お前も偉そうにしているが、そのうち似たような事態になるぞ!」

「何が言いたい?」

「人々は快適な暮らしを知り、医療も発達する中で、神への信仰を忘れるに違いない。そんな時代がやってきたら、皆、この世に神官など必要ない、と切って捨てるだろう!」

男の言葉は否定できない、と四衣子は思う。

人々の不安や恐怖が、神への信仰に繋がっていた。それゆえに、神との繋がりを持つ神社を頼り、祈りを捧げてきたのだ。

これからどんどん、世の中は便利になり、不可解なことも科学で証明される。

そうなれば、神なんて必要としない時代が訪れる。

「待ってろ！　数年としないうちに、お前ら神官がふんぞり返って所属する神祇院とやらも廃止になるだろうから！」

そんな男の叫びに対し、鳥海は冷静に言葉を返す。

「ここは神明《しんめい》に加護されし国。神と人は、何百年経とうと、切っても切れない関係だろう。それゆえ、いつの時代になっても、私や妻のような〝巫覡《かんなぎ》〟を必要とする者は絶えないはず」

男が言うような世の中に変わっていっても、神に仕えるという立場は揺るがない。

鳥海はそう断言していた。

「そんなの、負け惜しみ――がはっ!!」

男は大量の血を吐き、白目を剝いて倒れる。自らが作り出した金蚕蠱に命を蝕まれてしまったようだ。

「と、鳥海様、この人は、し、死んでしまったのですか？」

「いいや、単なる不養生だろう」

「はい？」

鳥海が金蚕蟲を踏みつけていた足をどかす。そこにあったのはただの石ころだった。

「あの、もしかして、男性の口に入れたのはその石だったのですか？」

「そうだ」

口に放り込んだ振りをして、金蚕蟲はブリキ缶の中に閉じ込めていたらしい。

「ぜんぜん気付きませんでした！」

男は一日中酒を飲み続けるような、不健康な生活を送っていたようだ。

ついに体が限界となり、血を吐いてしまった。

「……きたか」

ドタバタと人が駆けつけるような物音が聞こえる。やってきたのは、帝都警察の警吏だった。

「この男だ」

「はっ！」

部屋に押し入る前に、人形を帝都警察に送って通報していたのだろう。

鳥海は用意周到な状態で、男に挑んでいたようだ。

男はあっという間に拘束され、連行されていく。

最後に残った警吏が鳥海を凝視していた。

何か気になることがあるのかと思い、四衣子が「何か御用ですか？」と声をかけようとした瞬間、別の警吏がやってきた。

「おい、重要な証拠になりそうな品は、何も残っていなかったか？」

「特に何も！」

警吏は上官らしい警吏にハキハキと言葉を返す。

どうやら鳥海を見ていたのではなく、部屋の中を確認していたようだ。

二名の警吏は四衣子に敬礼していなくなる。

嵐が去った部屋の中で、四衣子は胸を押さえて息を吐く。

もうこれ以上、誰かに呪われるという懸念もなくなったようだ。

事件は無事、解決したわけである。

◇◇◇

なんだかんだといろいろあったが、今夜こそ、初夜を執り行う。

四衣子の胸はドキドキと高鳴っていた。

「よ――し!!」

気合いを入れて自らを奮い立たせる。なんだか違う気がしたが、勢いで乗り切るつもりでもあった。

もっちゃんを腕に抱え、鳥海の寝室に向かう。

寝室の前には左沢をはじめとする神官が立っていて、すでに鳥海は床入りしているようだ。

「四衣子様、鳥海様がお待ちです」

「望むところです!」

左沢が心配しないように、初夜を成し遂げようとする気概を見せておく。

「たのもう!」

腹の底から声をだし、寝室の襖を開く。

そこには腕組みし、胡座をかく鳥海の姿があった。

「お前は道場破りか何かか!」

「四衣子はそれくらいの気持ちでやってまいりました」

「これから何をするのか、四衣子は本当にわかっているのか?」

「初夜です!!」

「今日一番の元気のいい声で言うな!」

寝室に衝立はなく、布団が仲良く二組み並べられていた。

鳥海は座っていないほうの布団を叩き、腰を下ろすように促す。

向かい合う形となり、四衣子の緊張感はより高まっていった。

「話がある」

「どんとこい！」

極度の緊張のあまり様子がおかしくなっている四衣子の発言を無視し、鳥海は口を開いた。

「私の母がどのように亡くなったか、誰かから聞いたか？」

「いいえ」

「そうか」

鳥海は遠い目をしながら、母親について語り始める。

「実を言えば、私は母の姿を見た覚えがない。というより、物心ついたときには、すでに亡くなっていたんだ」

鳥海の母親が息を引き取ったのは、二歳になったばかりの頃だったと打ち明ける。

「原因は衰弱死……天満月家に嫁いだ女性は皆、跡取りとなる男児を産むと、一度も起き上がることなく弱っていき、三年以内に亡くなっているのだ」

「なっ――!?」

天満月家の者達はそれを、〝九尾狐の呪い〟だと恐れているのだとか。

「歴代の当主は嫁いできた女性にいっさい説明せず、子どもを産ませていたようだ」

「そ、そんな……！」

原因のひとつとして、九尾狐が宿る器である跡取りの体を強めるために、母親の命を子が奪っているのではないか、と考えられているらしい。

結婚する前にも、婚約者となった女性には、さまざまな災いが降り注いでいた。

「天満月家にいる間、吐き気や胸焼け、眩暈に襲われていたらしい」

四衣子が初めて鳥海に出会った日、そのような気配がないか聞かれた覚えがあった。

あれは九尾狐の呪いの影響がないか確かめていたのか、と今になって気付く。

「他にも、三日三晩寝込むような熱が出たり、池に落ちたり、人込みの中で突然姿を消したり――」

九尾狐はまるで当主の結婚を妨害するように、妻となる女性に対しありとあらゆる災難を浴びせていたようだ。

「その話を父から聞いたときは、本当に恐ろしかった」

妻として選んだ女性は災難に襲われる。それは他人事ではなく、鳥海自身も将来、娶った女性が同じ目に遭うのだ。

「見合いの話が届くたびに思い出していた」

天満月家の当主と結婚することは、美しい着物を纏い、優雅に微笑む年若い女性に、跡取りを産んで死ぬ、と決定付けることだったのだ。

「もしも私が妻を娶らなければ、九尾狐共々、呪いから解き放たれるのではないか、と考える日もあった」

けれどもそれは周囲の者達が許さなかった。

「私はとうの昔に結婚適齢期になっていて、周囲の者達からの結婚するように、という圧をこれでもかと感じていた」

左沢をはじめとする身内の者だけであれば、なんとか言い逃れできる。

けれども日吉津侯爵や、御上の言葉は無視できなかった。

「どうすればいいのか、と頭を悩ませているところに、四衣子がやってきた」

おまけに彼女は華族出身ではない庶民の娘である。さらに、天満月家と長年犬猿の仲にあった莇原家の者だった。

「私が九尾狐の呪いを気にするので、左沢があえて長年不仲であった莇原家の娘を連れてきたのだと思っていた」

莇原家の娘ならば、子を産んで死んでしまっても構わない。そう判断し、連れてきたのか、と。

けれどもそれは鳥海の勘違いで、四衣子は偶然にも、九尾狐となった鳥海を見てしまったからだったのだ。

「あのときの私は、半ば自暴自棄になっていたように思える」

秘密を知ってしまったのならば仕方がない。

もしも子を産み、若くして儚くなったとしても、仕方ないのだ。

天満月家はそうやって、一族の血を守ってきた。

出産とともに命を散らしたら、それは口封じにもなるだろう。

「ただ、そのような考えは、すぐに消え去ってしまったのだが」

四衣子は明るく、言動に気取ったところや飾った部分がいっさいなく、さんさんと輝く太陽みたいな娘だと鳥海は感じていたと語る。

さらに彼女は神社の娘で、呪いに耐性がある。

そのおかげか、過去に天満月家の花嫁に見られたような災いはいっさい起こらなかったのだ。

気付いたときには、鳥海は四衣子が生きる明るい世界に引きずり込まれていた。

後ろ向きだったのに、いつしか毎日笑顔になるようになっていたのだ。

鳥海は次第に、四衣子を大切に思う温かな気持ちを自覚していった。

ずっとこのまま、夫婦として暮らしていきたいと望むようになっていたのだとか。

「ただ、子どもを産んだら、四衣子の命を蝕んでしまうかもしれない。それだけはどうしても避けたいと考えている」

そのためにはどうすればいいのか。答えは単純明快だ。

「子どもを作らなければいい」

「しかし、鳥海様、天満月家に跡取りは必要なのでは？」

「それはそうだが、九尾狐をどうにかするまで、子どもは必要ない」

長年、鳥海は九尾狐の呪いについて研究していた。そんな中で、ある答えを導きだしているという。

「とある土地に、伝承が残っているのだが――」

その昔、世界を股にかけて権力者を騙し、国を傾ける悪辣な妖狐《ようこ》がいた。いつの世も美しい女や男に化け、人を惑わしていたようだ。

遷都される前のこの国にも、妖狐は絶世の美女の姿で現れ、上皇ですら虜《とりこ》にしていった。

誰もが夢中になる美女の存在に、おかしいと気付いたのは陰陽師であった。

正体を見抜かれた妖狐は、那須国《なすのくに》のほうへと逃走する。

上皇の軍勢が妖狐を追い詰めたのだが、もう少しで退治できるというところで、大きな石と化してしまった。

「びくともしない石を封印し、その地に留《と》め置くことに決めたのだが――」

妖狐が変化した石からは常に毒が噴出し、誰も近寄れないようになっている。近付いた者は妖狐の呪いにより、命を落としてしまうらしい。

そのため、妖狐が転じた石を人々は〝殺生石《せっしょうせき》〟と呼んでいるようだ。

「何が言いたいのかと言うと、同じように九尾狐もどこかに封じることができるのではないか、と考えている」

問題は九尾狐を追いだす方法だ。それに関しては、調べている途中だと言う。

「ただ、九尾狐に乗っ取られた私を取り押さえることができる四衣子がいるから、以前よりは希望が見られるようになった」

もうひとつの問題は、どこに九尾狐を封印するのか、ということだ。

「妖狐と同じように、人の命を脅かす毒を無差別に撒《ま》かれては困る」

その辺も鳥海はさまざまな可能性について考えている、と語った。

「四衣子がやってくるまで、私は将来を悲観していた。けれども今は、そうではない。明るい未来があるように思えてならないのだ」

鳥海の話を聞きながら、四衣子は深く頷いた。

「四衣子、今後も私と共に生きてくれるだろうか？」

鳥海が手を差し伸べたので、四衣子は指先をそっと重ねる。

微笑みを浮かべ、返事をしたのだった。

「もちろんです。夫婦は一心同体ですから！」

苦楽を共にする覚悟を決めた、いわば運命共同体である。

たとえ体は別でも、ひとつの心、ひとつの体として、深く結びついているような関係なのだ。

「これから、苦労をかけてしまうかもしれないが」

「構いません。でも、その代わりに、たまにでいいので、おいしいごはんを作ってくださいね」

「たまにと言わず、毎日作ってやる」

「本当ですか？　嬉しいです！」

穏やかに微笑み合う鳥海と四衣子は、同じ方向を向き、天満月家の運命に抗うことを決めた。
まだ互いに半人前なところもあるが、ふたりは夫婦だ。
半分しかない物をぴったり合わせたら、それはひとつになる。
つまり、夫婦は互いに未熟でも、息が合っていたら一人前になれるのだ。
これから何が起こるのかは、誰にもわからない。
けれどもどうにかなるのではないかと希望を胸に抱き、共に前を向く夫婦であった。

—本書のプロフィール—

本書は書き下ろしです。

小学館文庫

帝都《ていと》かんなぎ新婚夫婦《しんこんふうふ》
～契約結婚《けいやくけっこん》、あやかし憑《つ》き～

著者　江本《えもと》マシメサ

二〇二四年四月十日　初版第一刷発行

発行人　庄野　樹
発行所　株式会社　小学館
〒一〇一-八〇〇一
東京都千代田区一ツ橋二-三-一
電話　編集〇三-三二三〇-五六一六
　　　販売〇三-五二八一-三五五五
印刷所――――図書印刷株式会社

ISBN978-4-09-407345-4